Anthologie
von
pflegenden
Angehörigen

Wir bauen eine Brücke von uns, hinaus in die Welt

Bibliografische Information der Deutschen Nationalbibliothek:
Die Deutsche Nationalbibliothek verzeichnet diese Publikation in der Deutschen Nationalbibliografie; detaillierte bibliografische Daten sind im Internet über http://dnb.de abrufbar.

© 2015 Anthologie *von pflegenden Angehörigen*
Das Copyright unterliegt dem Autor des jeweiligen Beitrages.

Impressum:
Wiebke Worm
c/o Papyrus Autoren-Club
Pettenkoferstr. 16-18
10247 Berlin
Coverphoto: by **Michaela Black-Cirillo**

Das Werk einschließlich seiner Teile ist urheberrechtlich geschützt. Jede Verwertung ist ohne Zustimmung der aufgelisteten Autorinnen und Autoren unzulässig.
Dies gilt insbesondere für die elektronische oder sonstige Vervielfältigung, Übersetzung, Verbreitung und öffentliche Zugänglichmachung.

Lektorat, Korrektorat: **Wiebke Worm, Bianca Karwatt**
Buchlayout: **Wiebke Worm, Bianca Karwatt**

Herstellung und Verlag: BoD – Books on Demand, Norderstedt

ISBN: 978-3-7392-2933-1

Widmung

Dieses Buch ist denen gewidmet,
die ein Leben voll von
Liebe, Kummer, Hoffnung,
Zweifel und Verzicht
führen oder führten.

Es ist den Pflegenden gewidmet,
seien es Angehörige, Verwandte
oder Freunde.

Aber auch allen engagierten
Menschen, die sich Pflege als Beruf
erwählten.

Inhaltsverzeichnis

Rainer Pick
Essen 14
Brigitte Hald-Hübner
Gebet in Grenzsituationen 20
Wiebke Worm
Zeichnung – Liebe 23
Inge Rosenberger
Die Handschützer und die Service-Center der
Krankenkasse 24
Lydia Losehand
Ach Mama 30
Inge Rosenberger
Der Untermietvertrag 34
Marion Reinartz
Tagebuch einer Demenz oder: ....
Im Menschen lebt eine Sehnsucht 40
Brigitte Bührlen
Meine Mutter 46
Wiebke Worm
Vertrauen 54
Monika Hald-Greiner
Der Geizige 58

Rainer Pick
Medbox 62
Kornelia Schmid
Unsere Krankheit MS 76
Brigitte Hald-Hübner
Persönliches Vater unser (2006) 80
Uwe Worm
Samstag »ER« 86
Wiebke Worm
Deine Trauer 94
Dagmar Wicher
Der singende Bulli 98
Hanni Schertl
Berufen um zu pflegen 102
Lydia Losehand
Demenz-Anekdoten 106
Wiebke Worm
Demenz-Gedankensplitter 110
Rainer Pick
Tag 112
Nele Glöer
Deine Tränen 120
Dagmar Wicher
Mama, ich kann das auch schon 122
Marion Reinartz
Tagebuch einer Demenz 124

Rainer Pick
In einer Nacht 140
Monika Hald-Greiner
Gebet zum Schutzengel.................146
Kornelia Schmid
„Ich kann nicht mehr" oder „Am Ende"150
Wiebke Worm
Wenn Elfen tanzen 154
Rainer Pick
Medbox 1 156
Monika Hald-Greiner
Das kleine   Tannenbäumchen.................162
Wiebke Worm
Worte zum Abschied 166
Danksagung.................168
Bianca Karwatt
Nachwort 172
Das sind wir 178
Einige Worte zu   Brigitte Bührlen.................181
Informative Seiten   von und über uns....183
Zum Abschluss noch ein Glücksbringer.....184

Vorwort

Am Anfang stand die Idee, aber ist es nicht immer so?
 Ich möchte etwas für mich bewegen, aber wie?

Dann habe ich einige Menschen kennengelernt, die täglich Ähnliches erleben wie ich. Tolle Menschen! Menschen, die mich berühren, die mir helfen und denen ich auch helfen kann. Sei es durch Zuhören oder mit meinen Worten und Bildern.

Auf einmal war es für mich ein: *Ich möchte etwas für eine Menschengruppe bewegen, die viel zu sehr im Abseits steht, die pflegenden Angehörigen.*
 Und dieses, zusammen mit anderen pflegenden Angehörigen.

Bald stand fest, WIR wollen für andere eine Art Brücke bauen. Eine Brücke von uns, zur Welt. Warum also nicht ein Buch von uns, über uns und für uns?

Wenn die Welt um einen enger wird, und man wie in einem kleinen Raum eingesperrt scheint, erwächst manchmal aus dieser Enge eine unglaubliche Kreativität.

   Viele von uns verarbeiten die täglichen Situationen mit Schreiben, Fotografieren oder Zeichnen, und so entstand dieses Buch.

Mit unseren Texten möchten wir denjenigen, die nicht in solchen Situationen stecken, helfen, zu verstehen.

Pflegenden Angehörigen möchten wir Mut machen. Ihr seid nicht allein! Es gibt tausende von uns. Wir müssen uns nur bemerkbar machen. Unsere Rechte einfordern! Denn wir, ja, wir sind der größte Pflege-Dienst-Leister hier in Deutschland.
Wir, die pflegenden Angehörigen. Ohne uns würde vieles hier zusammenbrechen.

Aus Liebe zu unseren Angehörigen, und auch aus Pflichtgefühl, nehmen wir viel in Kauf. Wir wissen, dass wir auch viel zurück bekommen. Wir wissen, warum wir das alles machen, jedoch kann es nicht angehen, dass eine

Rund-um-die-Uhr-Ausnutzung stattfindet und das Tag für Tag.

Mit diesem Buch wollen wir UNS in das Rampenlicht rücken und gleichzeitig denjenigen, die uns unterstützen, etwas zurück geben.

Deshalb wird der Verkaufserlös komplett an die Stiftung »**WIR! Stiftung pflegender Angehöriger**« gespendet. Informationen und Würdigung der Stiftung finden Sie im Anhang.

Viele PA leben an der Armutsgrenze, da sie alles aufgegeben haben, aufgeben mussten, um ihren Lieben einen Heimaufenthalt ganz oder solange wie möglich zu ersparen. Das ist öffentlich kaum bekannt, denn viele PA haben einfach keine Zeit und keine Luft oder Kraft mehr, irgendetwas anderes zu machen als zu pflegen. Und somit verschwinden sie leise aus dem Blickpunkt.

Mit »**Wir bauen eine Brücke** « zeigen wir, was uns bewegt, wie wir Situationen verarbeiten, und dass wir da sind!

Hier findet man ehrliche Texte, Gebete, Kurzgeschichten und Gedankensplitter. Zeichnungen und Fotos, die als Ablenkung oder zur

Ermunterung erstellt wurden, runden das Bild ab.

Keine Angst, dieses Buch ist nicht nur traurig! Viele von uns haben es geschafft, eine Art Humor zu entwickeln, der es zulässt, auch schwierige Texte problemlos zu lesen. Wir haben uns entschieden, unsere Lieben mitschreiben zu lassen, wenn sie es denn noch können, oder für sie zu schreiben, wenn sie es selbst nicht schaffen, aber zu Wort kommen möchten. Denn sie verkörpern ja den Teil unseres Lebens, um den es sich bei uns dreht oder gedreht hat, und sie sind der Grund für die Entstehung dieses Buches.

Es ist auch in Erinnerung an diejenigen geschrieben, die wir lange und in Liebe versorgt haben.

Ich habe die Texte, die ich erhalten habe, bewusst nicht geändert, damit sie authentisch bleiben.

Ich wünsche Ihnen, auch im Namen aller Mitwirkenden, eine interessante Lesezeit.

Wiebke Worm

Rainer Pick

Essen

Nicht nur eine Stadt im Ruhrpott, sondern ein wichtiges Thema bei der Pflege deines Eheweibes.

Es kann dich zur Weißglut bringen, wenn du siehst, wie sie ablehnt, was du mit Freude und Herzblut und bei großer Gefahr für die Unversehrtheit deiner Finger in mühevoller Kleinstarbeit in der Küche "gezaubert" hast.

Sie kann dir ja nicht sagen, was sie gerne essen möchte, signalisiert dir dein Verstand und drückt mit Macht auf deine Hormonproduktion, gleichsam dich beruhigend. Aber es war doch schon eine Anstrengung, die Kartoffeln zu schälen, nur für sie, Tomaten mit dem scharfen Messer zu schnippeln und Zwiebeln sozusagen lauthals schluchzend zu zerkleinern, damit sie ihr nicht im Halse stecken bleibt, die Mahlzeit.

Du weißt, dass sie noch immer nicht richtig schlucken kann und die Speiseröhre mit der Luftröhre verwechselt. Qualvoll ist dann ihr Husten und die Palette der Erregung reicht bis zum Erbrechen. Ob sie das fürchtet?

Ich weiß es nicht und sie kann es mir nicht sagen.

Aber sie lächelt und wehrt alles ab, was ich hergestellt habe. Früher hat ihr doch so etwas gut geschmeckt, meldet sich eine Erinnerung. Ja, das war eben früher, antwortet ihr ein anderer Gedanke. Ihr Lächeln reizt deinen Widerstand. Doch gleichzeitig sagt dir etwas, dass sie sich ja nicht äußern kann und dass deine Interpretation ihres Lächelns noch dazu total falsch sein kann. Aber immer wieder reizt es dich, deine Erfahrungen aus den fast 40 Jahren gemeinsamen Lebens als Gradmesser für das zu verwenden, was sie gerade mit dem macht, was du ihr als Mahlzeit gereicht hast.

Es reizt dich noch viel mehr! Von der Unterlippe, die rechte Seite bleibt noch immer halb geöffnet, ein Überbleibsel der kompletten Lähmung der rechten Körperhälfte nach dem zweiten Schlaganfall und nun hängt sie noch etwas herunter, diese Unterlippe, da tropft Speichel mit Speise vermischt langsam auf den Kleiderschutz. Mit nahezu permanenter Boshaftigkeit tropft dieses Gemenge auch dann noch von der Unterlippe, wenn der Kleiderschutz längst im Abfallsack verstaut ist und ihr Mund bereits mehrfach abgetupft und gereinigt wurde.

Es bleibt einfach eine gewisse Menge zwischen Zahnreihe und Lippenwand gespeichert, um im ungeeigneten Augenblick auf die Kleidung herab zu tropfen.

Sie wehrt sich nicht dagegen, sie spürt es offenbar nicht einmal, sie schaut dich an, regungslos, ausdruckslos.

Dir fällt es schwer, gelassen zu bleiben, dir fällt es schwer, lächelnd auf sie zu zugehen und erneut ihren Mund abzuwischen und die Kleidung so gut es eben geht zu reinigen. Dir fällt es schwer, denn ungehalten wehrt sie deinen Reinigungsversuch ebenso ab wie deine bewusst aufrecht erhaltene Gelassenheit.

Da bröckelt es in deiner Fassade! In den Gedanken wuseln die Fragen nach dem richtigen

Verhalten herum und enden in der Erkenntnis, dass du nur Zuwendung und Liebe aufbringen musst, sie darf alles andere.

Elfriede, unsere Waschmaschine, rotiert alltäglich. Sie ist eine große Hilfe und das Beladen mit der Wäsche, das Entnehmen der gereinigten Kleidung und Aufhängen auf den Wäscheleinen im grünen Hof oder dem Trockengerüst in der Dusche ist längst zur Routine geworden.

Mich tröstet manchmal der Gedanke daran, dass ich irgendwann alles mit gehörigem Abstand notieren und es ihr vielleicht sogar erzählen werde. Vielleicht können wir dann zusammen darüber lachen?

Für Ihre Gedanken

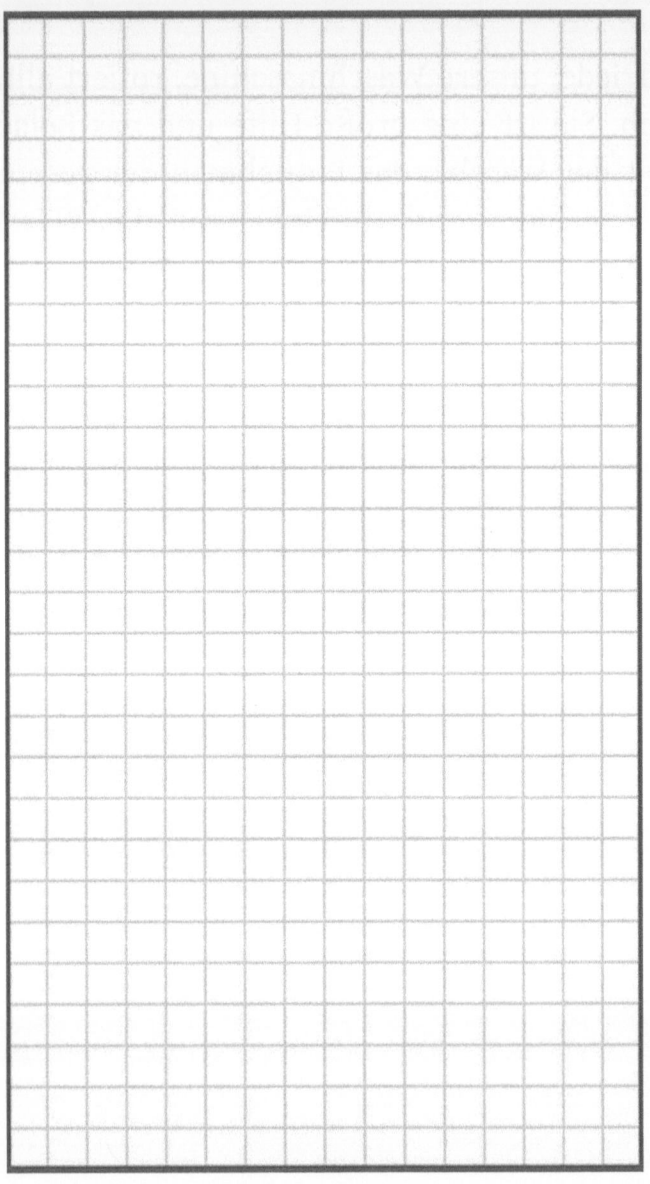

Für Ihre Gedanken

Brigitte Hald-Hübner

Gebet in Grenzsituationen

Hilf mir, mein Gott,
dass ich auch jetzt,
da ich armselig
danieder liege,
nicht verzweifle.

Hilf mir in meiner
Schwachheit,
daran zu glauben,
dass Du dennoch bist.

Hilf mir,
daran festzuhalten,
dass Du es bist,
der mich und
alle Menschen hält
und trägt.

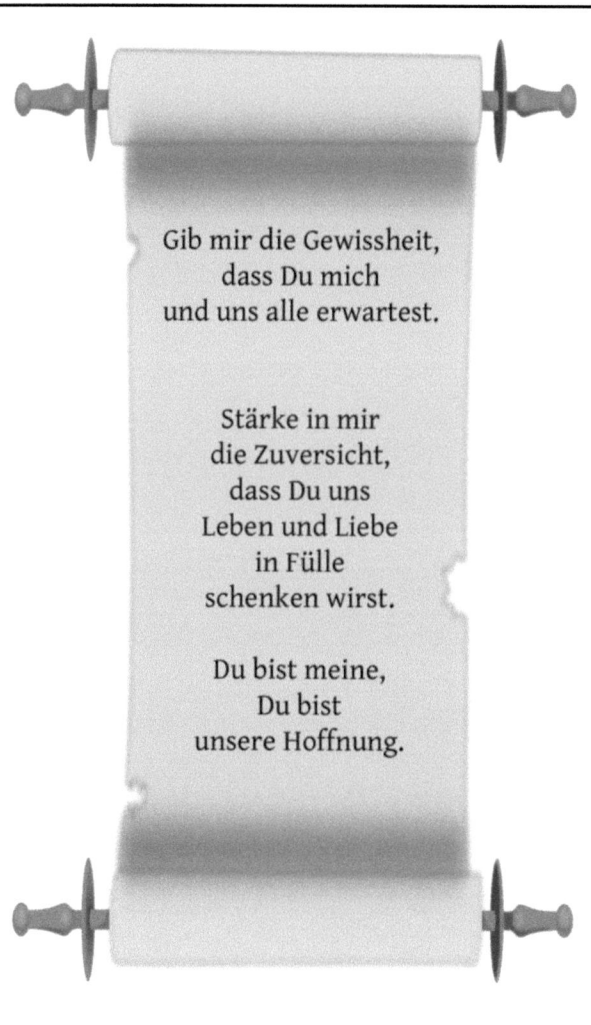

Gib mir die Gewissheit,
dass Du mich
und uns alle erwartest.

Stärke in mir
die Zuversicht,
dass Du uns
Leben und Liebe
in Fülle
schenken wirst.

Du bist meine,
Du bist
unsere Hoffnung.

Für Ihre Gedanken

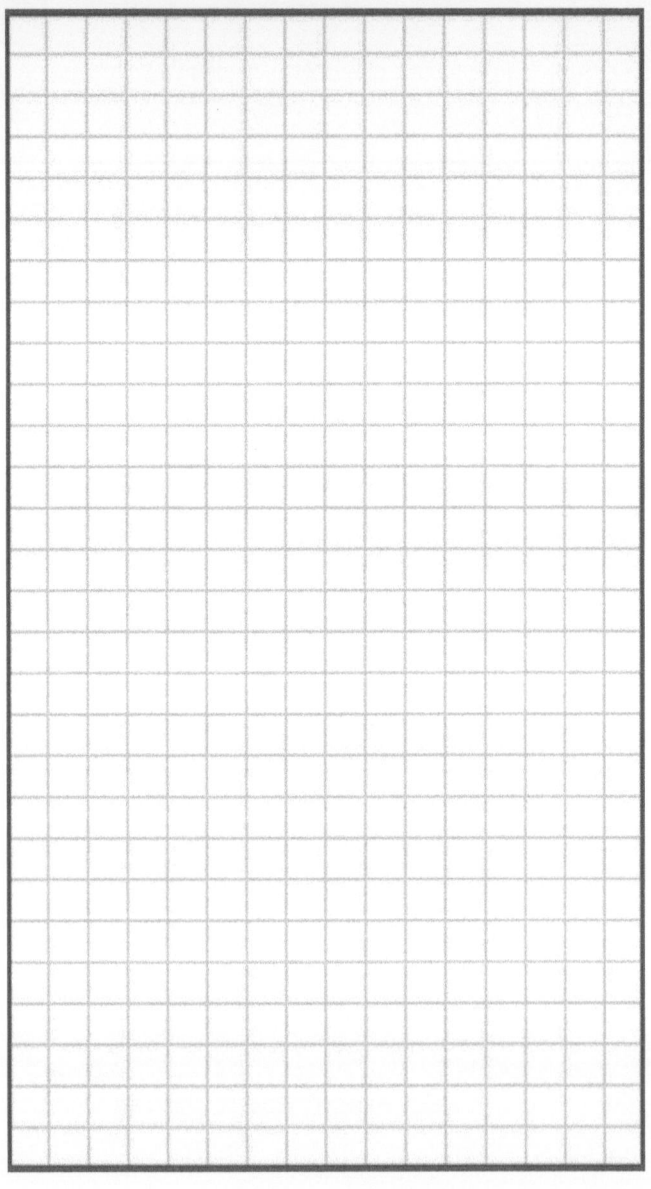

Wiebke Worm

Zeichnung – Liebe

(OC)

Inge Rosenberger

Die Handschützer und die Service-Center der Krankenkasse

Teil 1 der Geschichte
 (Blick zurück in die Vergangenheit)

Vor zwei Jahren hatte ich bei unserer Krankenkasse mal wieder eine Verordnung über Handschützer für meine schwerstbehinderte Tochter eingereicht.

Obwohl die Handschützer wegen der Autoaggression meiner Tochter schon mehrmals von der Krankenkasse übernommen wurden, wollte die Krankenkasse plötzlich vom Hausarzt wissen, wieso die Autoaggressionen medikamentös und psychiatrisch noch nicht therapiert wurden. Und falls danach doch ein Handschutz benötigt würde, könnte doch ein handelsüblicher Fäustling aus Leder verordnet werden. Ich habe damals eine sehr ausführliche

Begründung (Psychotherapie wegen der schweren geistigen Behinderung nicht möglich, hartes Leder ist ungeeignet wegen eingeschränkter Handfunktion, Leder wegen Speichel unhygienisch ...) geschrieben und an den Hausarzt weitergereicht, der sie an die Krankenkasse geschickt hat.

Nach ein paar weiteren Wochen ruft mich dann der MDK Aschaffenburg an und fragt nach, wieso noch keine Psychotherapie erfolgt wäre, wieso kein handelsüblicher ... »blablabla«.
Nach kurzer Fassungslosigkeit auf meiner Seite entstand dann ein sehr positives Gespräch mit dem dortigen Chef (der anschließend fassungslos war). Und natürlich wurden die Kosten für die Handschützer dann von der Krankenkasse übernommen.

Teil 2 der Geschichte

Vor einigen Monaten - die alten Handschützer waren inzwischen vom Zahn der Zeit (bzw. von Tochters Wutanfällen) etwas angenagt - habe ich wieder eine Verordnung eingereicht. Und wie vor zwei Jahren höre ich ... nichts! Ich frage im Sanitätshaus nach, warum das so lange dauert. Logo - keine Rückmeldung geschweige denn Genehmigung der Krankenkasse.

Das Sanitätshaus kümmert sich, und ein paar Tage später ruft unser Hausarzt an.

Die Krankenkasse will - wie vor zwei Jahren - wissen, wieso die Autoaggressionen medikamentös und psychiatrisch noch nicht therapiert wurden. Und falls danach doch ein Handschutz benötigt würde, könnte doch ein handelsüblicher Fäustling ...

Also habe ich das von mir formulierte Attest von vor zwei Jahren herausgekramt, an unseren Hausarzt geschickt, der es an die Krankenkasse weitergeleitet hat.

Nach weiteren sechs Wochen habe ich wieder beim Sanitätshaus angerufen, das mir mitgeteilt hat, dass die Krankenkasse noch keine Genehmigung geschickt hat.

Also habe ich die Krankenkasse angerufen und erfahren, dass die Unterlagen nun beim MDK Darmstadt liegen, aber bestimmt in den nächsten Wochen (soooo schnell?) darüber entschieden wird.

Es ist mir in diesem Moment – ich war so stolz auf mich - gelungen, mein "nicht geringes

Unverständnis" sehr ruhig rüber zu bringen, nachdem der MDK Aschaffenburg die Kostenübernahme doch bei der letzten Verordnung schon befürwortet hätte.

Die Sachbearbeiterin fragte dann etwas ratlos, ob das denn eine Nachversorgung wäre. Da wäre ich dann verbal beinahe doch noch entgleist und hätte fast(!) nachgefragt, ob sie mich denn vergackeiern will. Wozu verflixt noch mal haben die denn einen Computer? Sonst ist doch jeder Mist jahrzehntelang gespeichert.

Sollte die Geschichte einen 3. Teil bekommen, werde ich die Psychotherapie und die Handschützer vermutlich für mich selbst benötigen.

Für Ihre Gedanken

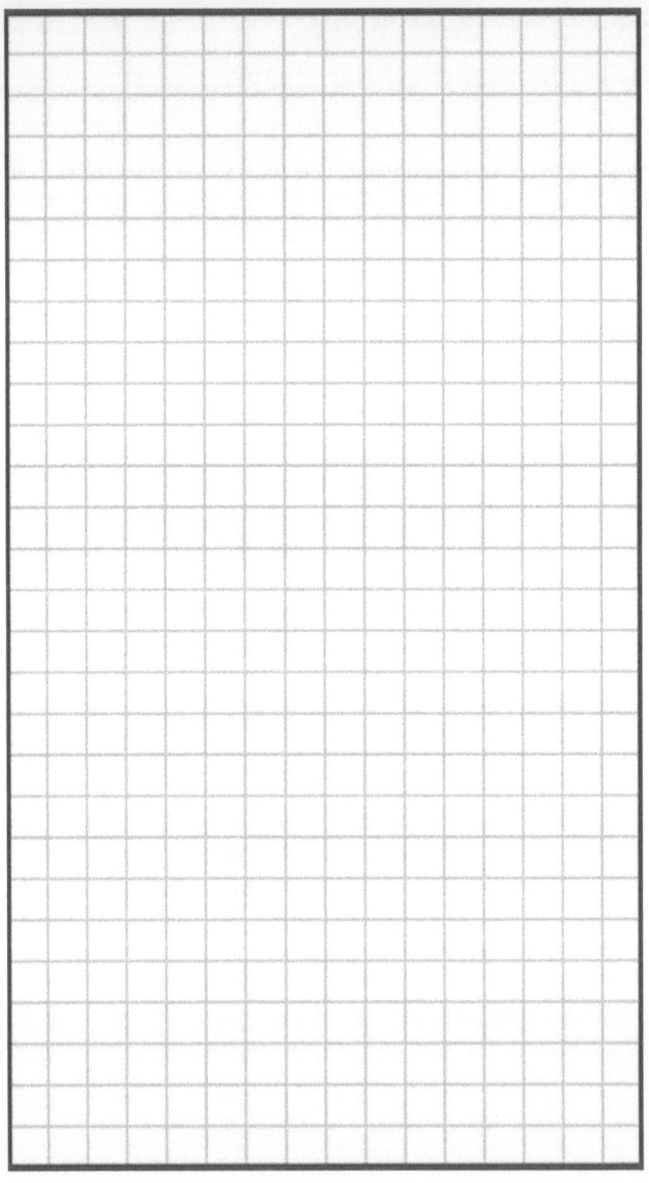

Für Ihre Gedanken

Lydia Losehand

Ach Mama

Ach Mama,
du hast mich geboren,
du wiegtest mich in den Schlaf,
deine Muttermilch hat mich ernährt.
Du hast mich gewickelt,
du hast mich gebadet,
du hast mich zur Reinlichkeit erzogen,
du lehrtest mich zu lachen,
du brachtest mir die Muttersprache bei,
du hast mit mir gebetet.
Du hast mit mir gespielt,
du hast mit mir gestrickt,
du hast mir die Welt der Tiere,
der Pflanzen und der Menschen gezeigt.
Du hast mit mir gelesen,
du hast mit mir gerechnet,
du hast mit mir gelernt.
Du standest bei mir bei Krankheit,
Kummer und Not,
du hattest immer einen guten Rat.
Du hast meine erste Liebe erlebt,

du hast meinen Liebeskummer getröstet.
Du umsorgtest mein Kind,
du warst immer da.

Ach Mama,
ich war bei dir,
als deine Geschwister von uns gingen.
Ich half dir bei der Pflege des Vaters,
ich stand bei dir, als Vater starb.
Ich nahm dich zu mir,
als deine Kräfte schwanden.
Ich stehe dir bei, bei Krankheit,
Kummer und Not,
ich habe für dich ein gutes Wort.
Ich helfe dir beim Lesen,
das Stricken und Rechnen,
das fällt dir schon sehr schwer.
Ich zeige dir den Garten,
ich zeige dir die Tiere,
ich erkläre dir die Welt.
Ich stecke dich an mit meinem Lachen,
ich lege dir die Worte in den Mund,
wir beten gemeinsam das Abendgebet.
Ich koche für dich,
ich führe den Löffel in deinen Mund.
Ich helfe dir beim Waschen,
ich helfe dir beim Baden,

ich lege dich in Windeln,
ich bringe dich ins Bett

Ach Mama
Ich wache treu,
bis du friedlich in die neue Welt entschläfst.

Für Ihre Gedanken

Inge Rosenberger

Der Untermietvertrag

Ende 2011 bat ich um die Bestellung eines Ergänzungsbetreuers, um einen Untermietvertrag mit unserer Tochter abzuschließen, da nach dem neuen BSG-Urteil (Az.: B 8 SO 18/09 R) nur noch ›nachweisbare Unterkunftskosten‹ über die Grundsicherungsleistungen übernommen werden müssen.

Nachdem mir von Seite des Betreuungsgerichts vorgeschlagen wurde, selbst einen geeigneten Ergänzungsbetreuer vorzuschlagen, bat ich unseren Nachbarn, dieses Amt zu übernehmen. Er war lange Zeit als Schöffe bei Gericht und erschien mir demzufolge geeignet, das Amt für diese Formalität auszuführen.

Nach einiger Zeit bekam der Ergänzungsbetreuer seine Ernennungsurkunde. Danach setzten wir einen kurzen formlosen Mietvertrag auf und schickten diesen unterschrieben an das Betreuungsgericht. Der Mietvertrag kam zurück mit der Bitte, einen üblichen Standardmietvertrag abzuschließen.

Also wurde ein Standardmietvertrag aus dem Internet angepasst und an das Betreuungsgericht geschickt.

Danach wurde durch das Betreuungsgericht eine Rechtsanwältin als Verfahrenspflegerin bestellt. Diese teilte dem Ergänzungsbetreuer mit, dass der eingereichte Standardmietvertrag unsere Tochter unangemessen benachteiligen würde; gleichzeitig fragte die Verfahrenspflegerin nach, warum nicht ein einfacher und angepasster Mietvertrag abgeschlossen wurde.

Um das Verfahren aus Zeit- und Kostengründen abzukürzen, habe ich die Verfahrenspflegerin angerufen und nachgefragt, inwiefern der vorliegende Mietvertrag meine Tochter benachteiligen würde, und wie ein genehmigungsfähiger Mietvertrag aussehen müsse.

Nach Angabe der Rechtsanwältin dürfe sie als Verfahrenspflegerin keine Rechtsauskünfte geben, sondern wäre ausschließlich dafür zuständig, dass meine Tochter nicht benachteiligt würde. Ich solle mich an den Ergänzungsbetreuer wenden oder ich solle ›selbst einen Anwalt beauftragen‹!

Nachdem die Verfahrenspflegerin dem Betreuungsgericht aber mitgeteilt hatte, dass ein an die ›individuelle Situation der Betroffenen angepasster Mietvertrag mit Vereinbarung einer Brutto (Warm/Inklusiv) Miete von 120 € monatlich [Anmerkung: natürlich ein gigantischer Betrag, der eine enorme Bereicherung vermuten lässt] genehmigungsfähig wäre‹, konnte die tatsächliche oder vermutete Benachteiligung doch nur in einer von der Verfahrenspflegerin als fehlerhaft angesehenen Formulierung des Mietvertrages begründet sein.

Wäre es in einem solchen Fall also nicht sinnvoll, wenn die Verfahrenspflegerin dann als Vertreterin unserer Tochter eindeutig klargestellt hätte, was an dem Mietvertrag nicht korrekt ist und was geändert werden müsste? Wer sonst als die Verfahrenspflegerin wäre hierfür zuständig?

Und wie wäre das Verfahren weitergegangen, wenn ein von uns beauftragter Anwalt einen Mietvertrag aufgesetzt hätte und dieser von der Verfahrenspflegerin ebenfalls als ›nicht genehmigungsfähig‹ definiert worden wäre?

Oder hätte meine Tochter diesen Anwalt beauftragen müssen, da die tatsächliche oder vermeintliche Benachteiligung ja bei ihr liegt?

Auf meine ganzen Fragen wurde mir auch von Seiten des Betreuungsgerichtes keine Auskunft gegeben, obwohl im Aufgabengebiet des Betreuungsgerichtes aufgeführt ist ›Das Gericht berät und beaufsichtigt den Betreuer ‹.
Aber niemand war willens oder in der Lage, uns oder den Ergänzungsbetreuer in unseren ehrenamtlichen(!) Aufgaben zu unterstützen.
Die Behindertenbeauftragte leitete meine an sie gerichtete Anfrage an das Justizministerium weiter. Von dort kam die Empfehlung, ich soll ›aufgrund der Komplexität der Rechtslage‹ einen Notar beauftragen.

Auch hier wieder die Ungewissheit, wie das Verfahren weitergegangen wäre, wenn ein von uns beauftragter Notar einen Mietvertrag aufgesetzt hätte und dieser von der Verfahrenspflegerin ebenfalls als ›nicht genehmigungsfähig‹ definiert worden wäre?

Diese Angelegenheit dauerte fast vier Monate! Unterstützung von Familien mit behinderten Angehörigen? Fehlanzeige!

Ach ja ... zwei Monate später kam eine Anfrage von Seiten des Betreuungsgerichtes, ... ob der Mietvertrag zustande gekommen sei ...

Für Ihre Gedanken

Marion Reinartz

Tagebuch einer Demenz oder: Im Menschen lebt eine Sehnsucht ...

07. November 2010
›You find me somewhere over the rainbow ‹

Heute wieder so ein Tag ... meine Mutter ist weggetreten, sitzt mir gegenüber und ist nicht da.

Dies gilt es auszuhalten ... ich schule mich jeden Tag ein bisschen mehr, um mich an den Gedanken zu gewöhnen, dass sie eines Tages gar nicht mehr da sein und uns für immer verlassen wird.

Sie scheint sich langsam zu verabschieden, immer wieder ein Stückchen mehr. Geht zurück in ihre Seelenwelt ...

Ich habe für meine Freundin eine CD bestellt. Von ›Iz‹ ... dem hawaiianischen Sänger, der mit 38 viel zu früh an Fettsucht verstarb, aber eine so gute Seele hatte, wie seine junge Frau erzählte. Sie habe nie im Leben einen solchen Menschen getroffen, der ein weites Herz hatte, wie er.

Ich bin neugierig geworden und denke, dass ›Over the rainbow‹, von ›Iz‹ gesungen, etwas für meine Freundin wäre, die schon ein paar Mal auf Hawaii und von diesem zu Amerika gehörenden Eiland fasziniert war. Von den exotischen Blüten, Früchten und Gerüchen ... ein einziges sinnliches Vergnügen.

Ich bestellte mir seine Musik und bin ebenso fasziniert von seiner Stimme wie meine Kinder.

Meine Mutter lauscht seinen Klängen mit der Ukulele. Ich höre sie immer wieder und meine Mutter wird ganz ruhig. Darüber freue ich mich. Sie sagt nichts. Hört nur zu.

Die CD ist beendet. Ich vertiefe mich weiter in eine neue Lektüre, in der vom Mythos der Alzheimer Krankheit geschrieben wird.

Ein sehr interessantes Buch, das mich neugierig machte.

Der Autor räumt mit der ›Krankheit‹ Alzheimer auf, findet, dass bei Demenzkranken ein normaler Alterungs-prozess im Gehirn stattfindet, was ich im Zusammenleben mit meiner Mutter auch so oft denke.

Nun stoße ich auf ein in dem Buch gedrucktes Zitat von Dr. Elissa Ely, das sie im August 2005 in der New York Times als Gastkommentar abgegeben hatte.

Es steht im Widerspruch zu dem, was ich oft denke, dass meine Mutter langsam, ganz langsam ihr Selbst verliert.

Aber was ist unser Selbst. Sind wir überhaupt Selbst? Wann waren wir das letzte Mal wir Selbst? Ich werde in einer ruhigen Minute einmal darüber nachdenken, um meinem Selbst auf die Spur zu kommen. Im Alltag begegnen wir ihm immer weniger, vor allem im Pflegealltag.

Dr. Elissa Ely schrieb:
»Demenz befreit das wesenhafte Selbst; wir wandern unkontrollierbar zurück und werden mehr zu dem, was wir bereits waren. Aber was ich mich frage ist, ob es einen Weg gibt, um uns zu schulen, bevor wir mit dieser Wanderung

beginnen, damit wir im Frieden mit uns sind, wenn uns der Verstand abhanden kommt.

Yogis sitzen jahrelang in Höhlen, während wir anderen unseren Lebensunterhalt verdienen müssen.

Heitere Gelassenheit könnte jedoch eine vorwärts gewandte Fähigkeit sein, wenn wir nur die Zeit hätten, sie uns anzueignen ...«

Der letzte Abschnitt ihres Gastkommentars in der New York Times gefällt mir.

Ich, die in vielen Bereichen noch ›kontrolliert‹ durchs Leben wandert, kann mich an den Gedanken nicht wirklich gewöhnen, unkontrollierbar zurück ins Selbst zu wandern. Noch bin ich zu sehr mit dem Leben ›behaftet‹, mit dem, was wir Leben nennen.

Doch in heiterer Gelassenheit möchte ich mich üben, und so ist die Krankheit meiner Mutter auch ein Lernprozess für uns. Sie ist nicht umsonst ... alles hat seinen Sinn ...

Meine Mutter scheint es nicht zu stören, dass sie unkontrolliert zurück wandert, um ihr ›wesenhaftes Selbst‹ zu befreien. Eine für mich fremde Vorstellung, scheint sie doch etwas Tröstliches zu haben.

Die Sätze von Dr. Elissy Ely haben etwas davon. Ich bin ihr dankbar. Kein Demenz-Ratgeber zuvor konnte mir das so vermitteln.

Ich nehme mir vor, am heutigen Informations-Abend für angeblich an Demenz Erkrankte in Köln, den Angehörigen von diesem Zitat zu berichten. Vielleicht kann es auch ihnen ein wenig Trost spenden und zu mehr Frieden in ihren Herzen führen. Sie alle waren das letzte Mal, als wir zusammentrafen, so verzweifelt und viele auch mutlos.

Wenn meine Mutter auf dem Wege nach ›somewhere over the rainbow‹ sein sollte, dann darf ich sie dabei nicht stören und mit meiner manchmal doch hervorschießenden Verzweiflung aufhalten.

Ich werde versuchen, heiter zu sein.

Ich nehme mir vor: von nun an möchte ich ›heiter durchs Leben schreiten‹. Auch, wenn es seltsam ist, im Nebel zu wandern.

Für Ihre Gedanken

Brigitte Bührlen

Meine Mutter

Mein Leben verlief normal, bis zu dem Zeitpunkt, als mein Vater (Arzt und Geburtshelfer alter Art) mich eines Tages ansah, und mich mit einem fast flehenden Blick bat, nach seinem Tod ins Elternhaus zu meiner Mutter zu ziehen.

Mein starker Vater bat mich?

Am Ende des selben Jahres durfte mein, von einem alten kriegsbedingten Lungenemphysem geplagter Vater von uns und meiner Mutter begleitet, friedlich einschlafen.
Wir zogen, wie versprochen, in mein Elternhaus. Nun wohnten wir mit meiner wundervoll unkomplizierten Mutter unter einem Dach: Mein Mann, drei Kinder (7, 10,12), und ich.

Die Reise in ein unbekanntes Land, das Land der Demenz und des deutschen Gesundheits-

und Pflegesystems konnte beginnen, aber das war mir zu dem Zeitpunkt noch nicht bewusst.

Meine Mutter war freundlich, fröhlich, nie unzufrieden, eine wundervolle Mutter und Schwiegermutter. Wenn nur das Gedächtnis besser gewesen wäre, vor allem das Zahlengedächtnis.

Wir machten einen Termin beim Neurologen. Sein Rat: Gedächtnistraining, aber auch noch so viel Kreuzworträtsel halfen nichts. Wir suchten eine Alzheimerambulanz auf, dazu hatte mein Mann, Internist, geraten. Die Diagnose lautete: Demenz vom Alzheimertyp.

Was nun? Ich suchte die Selbsthilfegruppen der örtlichen Alzheimergesellschaft auf. Dort waren Menschen wie ich, die den Alltag mit einem nahestehenden demenzkranken Menschen meistern mussten.

Mein Mann kam blendend mit meiner Mutter zurecht, die Kinder ebenfalls. Meine Geschwister meinten, ich solle mich noch mehr um meine Mutter kümmern, die Großfamilie fand meine Mutter reizend wie immer. Ich war verzweifelt, wie sollte ich meine Mutter so versorgen, dass sie ihre Würde behalten konnte und keinen Schaden nahm?

Wie konnte ich den Kindern weiterhin eine geduldige Mutter sein, die immer ein Ohr für sie hat? Wie meinem Mann eine zuverlässige Mitarbeiterin in der eigenen Praxis? Wo konnte ich Abstand gewinnen? Ich war nach einiger Zeit physisch und psychisch am Ende.

Wunderbarerweise war meine Mutter einverstanden, in ein sehr freundliches Heim, das sie kannte, einzuziehen. Dort wurde sie liebevoll von Schwestern versorgt. Ich konnte loslassen und anfangen, für mich zu sorgen.

Ein Sturz meiner Mutter machte einen Krankenhausaufenthalt notwendig. Die Schwestern dort waren freundlich, aber völlig überfordert. Sie nahmen meine Mutter Tag und Nacht überall mit hin, klebten ihr große Leukoplaststreifen mit der Aufschrift ›Ich gehöre auf Station XY‹ auf die Jacke, und waren doch sehr erleichtert, als sie nach einigen Tagen vorzeitig ins Heim zurück entlassen werden konnte.

Wir machten noch ein weiteres Mal Bekanntschaft mit der Klinik, als meine Mutter vor einem akuten Darmverschluss stand. Sie müsste operiert werden. Für mich hieß das zu dem Zeitpunkt 16-18 Stunden Anwesenheit in der Klinik und Organisieren einer Nachtwache, sehr zum Ärger der Stationsschwester, die das überflüssig fand.

Einige Jahre später verbrachten wir, nach einem Sturz aus dem Bett, noch einmal einen Tag in der Ambulanz der nahegelegenen Klinik. Es war ein Kunststück, meine mittlerweile stumm gewordene Mutter einige Male davor zu bewahren, von Krankenwagenfahrern mitgenommen zu werden. X-mal hörte ich in den Stunden, die wir auf dem Flur warteten, über unsere Köpfe hinweg die Frage: »Ist das die Frau, die wir abholen sollen?« Genau so oft antwortete ich, obwohl mich niemand direkt ansprach, »Nein, das ist meine Mutter, die bleibt da!«

Ohne meinen Beistand hätte meine Mutter in dem Krankenhaus an dem Tag in der selben Windel gelegen, und hätte weder etwas zu essen noch zu trinken bekommen. Sie war ja nicht aufgenommen, sondern nur zur Untersuchung dort. Am späten Nachmittag stand endlich fest, dass wir wieder ins Heim zurück konnten, und wir waren glücklich!

Alles hat ein Ende, so auch die goldenen Zeiten im Heim.

In der Trägerschaft kam es zu grundlegenden personellen Veränderungen. Es wurde ein Neubau errichtet, das Haus nahm nun auch Männer auf, öffnete sich für die Allgemeinheit, ökonomische Erfordernisse standen zunehmend im Vordergrund.

Mit anderen Angehörigen, die ebenfalls nicht mit den neuen Rahmenbedingungen einverstanden waren, gründete ich einen Angehörigenbeirat. Wir wollten Verbesserungen der Lebensbedingungen der Bewohner erreichen. Ich organisierte Treffen, wir schrieben einen offenen Leserbrief im örtlichen Amtsblatt. Wir stellten fest, dass das Heim aus unserer Sicht nicht so gut war, wie es sich selbst eine Woche vorher im selben Blatt dargestellt hatte. Postwendend kam eine strafbewehrte Widerrufsklage des Trägers. Wir kürzten das Heimentgelt und landeten schließlich alle vor Gericht.

Ich begriff, dass Angehörige und Heimbewohner in der Gerichtsrealität keine justitiablen Rechte haben, dass es substantiierter Beweise bedarf. Solche Beweise können realistischerweise nur bei grober Körperverletzung unter Zeugen erbracht werden.

Nach dreizehn Jahren sah ich mich genötigt, meine Mutter 90 jährig von einem Tag auf den anderen noch in ein anderes Heim zu bringen.
Auch dort wurde der Mangel verwaltet, aber er wurde mit Herz und Verantwortungsbewusstsein alten Menschen gegenüber verwaltet. Meine Mutter bekam dort noch einmal ihre Würde zurück. Neun Monate später durfte sie friedlich heimgehen.

Zwanzig Jahre intensiver Begleitung meiner Mutter haben mich zur Kämpferin für die Würde und die Rechte von Menschen mit Hilfsbedarf, für alte und hilflose Menschen sowie ihre Angehörigen und auch für Pflegekräfte gemacht.

Für Ihre Gedanken

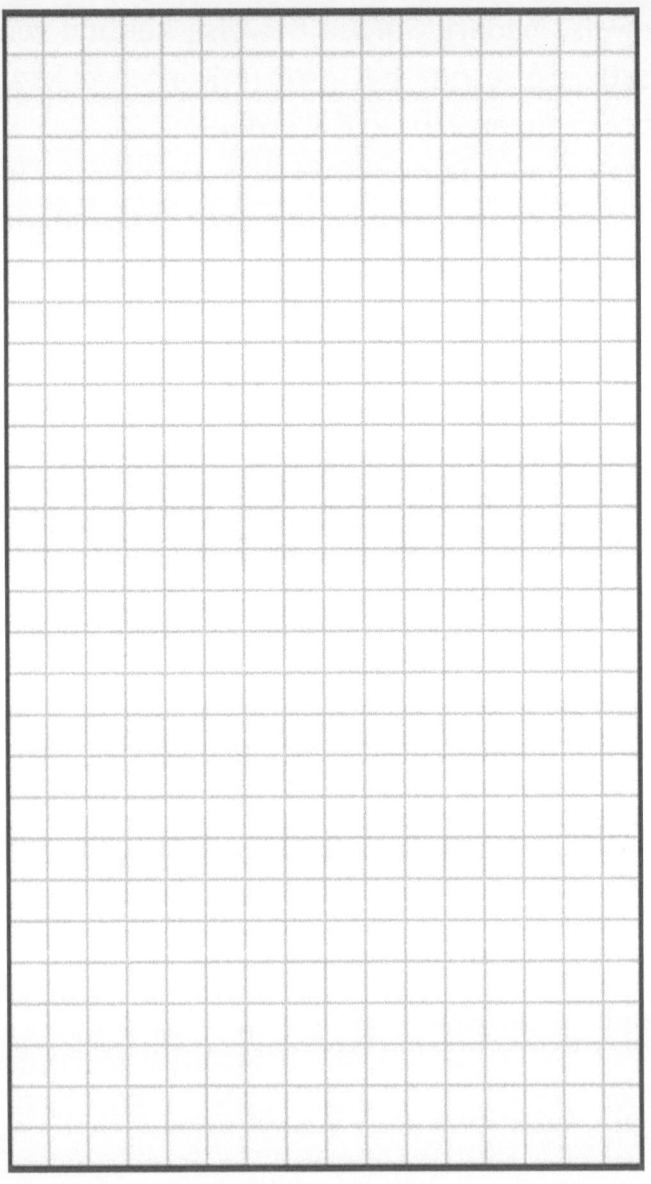

Für Ihre Gedanken

Wiebke Worm

Vertrauen

Absolutes Vertrauen.
Das ist es, was ich spüre,
wenn du den Kopf an meine Schulter legst.

Absolutes Vertrauen.
Das ist es, was ich dir hoffentlich vermittle,
wenn ich dich umfasse und dir helfe, dich halte.

Absolutes Vertrauen.
Das ist es, was wir zueinander haben,
wenn wir den täglichen Kampf miteinander bestehen.

Absolutes Vertrauen.
Das ist es, was oftmals in anderen Beziehungen
nicht gibt, nicht geben muss,
da jeder sein eigenes Ding machen kann.

Absolutes Vertrauen.
Das ist es, was ich jeden Tag genieße,
trotz der ganzen schrecklichen Zeit.

Für Ihre Gedanken

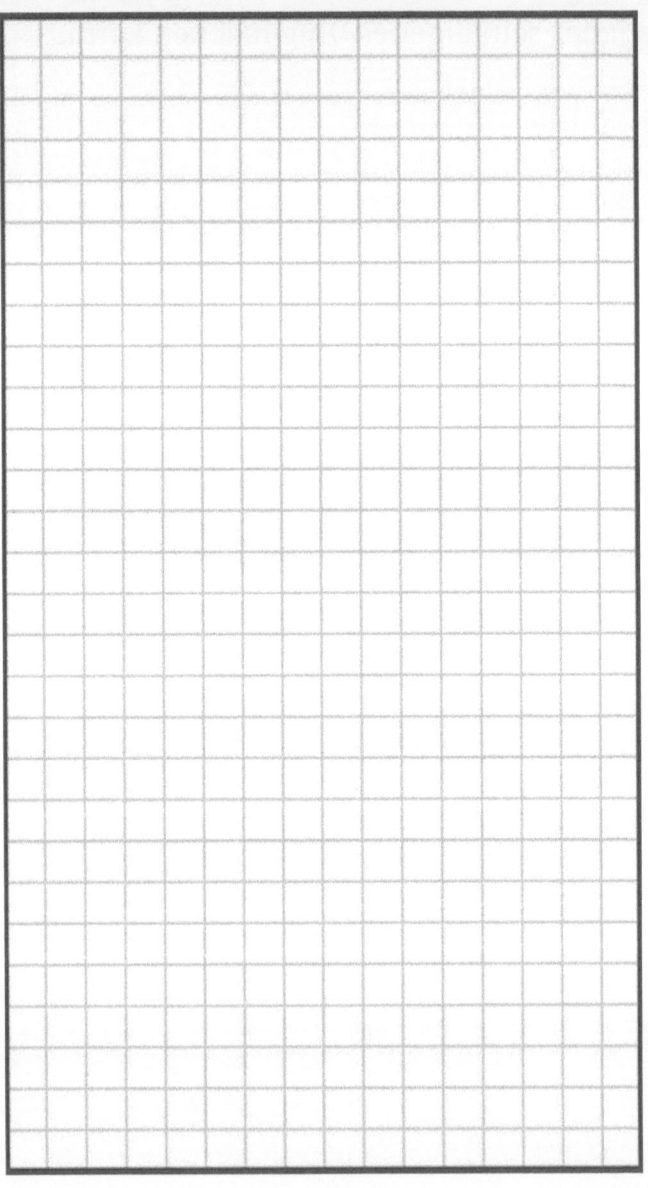

Für Ihre Gedanken

Monika Hald-Greiner

Der Geizige

Der Geizige hat seinen Blick stets auf Vermehrung gerichtet, seine Güter werden von ihm ständig gehortet und geschichtet.

Sollte man einen solchen Menschen nur sparsam nennen, so würde man sein ausgeklügeltes System völlig verkennen.

Wenn Geiz und Gier auch scheinbar auseinander klaffen, sind sie doch eins: Der eine will festhalten und der andere raffen.

Im Verhalten des Geizigen, das Lebendiges verneint, sind Geiz und Habgier zwanghaft vereint.

Die Not der Anderen kann solche Menschen nicht jucken, am liebsten würden sie sich selber noch Geldscheine drucken.

Oft lassen solche Menschen echte Empfindungen vermissen, sie kennen weder Scham noch schlechtes Gewissen.

Eng und starr sind sie in ihren Lebensvollzügen, Haben und nicht Sein bereitet ihnen das größte Vergnügen.

Ein Geiziger ist mit steten Rechenoperationen befasst, damit er keine Gelegenheit zum Sparen verpasst.

Ein solcher Mensch wird selten oder gar nichts Sinnvolles schenken, denn er müsste hier Gefühle zeigen und an andere denken.

Seine Freiheit kann er wegen seines Sparzwangs nicht genießen, der Tunnelblick wird ihm auch selbst manche Freude vermiesen.

Stets gilt es, Ausgaben zu vermeiden und Vorteile im Auge zu behalten, alle Machenschaften sind danach auszurichten und zu gestalten.

Müsste der Geizige Anschaffungen tätigen oder Kaputtes erneuern, würde er die Unsinnigkeit solcher Vorhaben auf das Heftigste beteuern.

Lange kann ein solcher Mensch sein extremes Verhalten kaschieren und seine Umwelt mit Erklärungen täuschen und manipulieren.

Aber Fortschritt und Erneuerung sind ihm fremd und nicht geheuer, sie verursachen nur Unkosten und kommen letztlich zu teuer.

In der Tat ist der Geizige aber ein echter Nimmersatt, seine Gier macht die meisten Menschen wütend, sprachlos und platt.

Mit einem Geizigen zu leben ist für den Großzügigen katastrophal, ob geiziges Verhalten angeboren oder erworben ist, ist letztlich egal.

Schon in der Bibel wird der Geiz als schweres Laster genannt, den Geizhals hätte man am liebsten aus dem Gesichtskreis verbannt.

Moliere hat den makabren Charakter des Geizigen beschrieben, seine Schilderung war vielleicht doch nicht so maßlos übertrieben!

Auch heute werden wir uns über einen Geizigen immer beklagen, doch die Wenigsten trauen sich, ihm die Meinung zu sagen.

Wer in unserer Gesellschaft Geiz als ›geil‹ und erstrebenswert betrachtet, der hat die Weisheit gewiss nicht erfunden oder gar gepachtet.

Fazit: Der geizige Mensch ist im Innersten gestört, weil zum Nehmen eben auch das Geben gehört

Ist unsere Gesellschaft großzügig, wenn es um Kranke, Behinderte, Leidende geht?

Für Ihre Gedanken

Rainer Pick

Medbox

Vielleicht ist dieses Plastikkästchen zehn Zentimeter hoch und genau so breit. Hartplaste und grau. Rund vier Zentimeter ist es tief. Sieben kleine Kästen beherbergt diese Box. Jedes dieser Kästen ist von einem durchsichtigen Plaststreifen abgedeckt. Damit nichts herausfallen kann.

Für jeden Wochentag ein Kästchen, welches wiederum in vier Abteilungen unterteilt ist. Für den Morgen, die Mittagszeit und Abend sowie für die Nacht. Das steht natürlich in schwarzen Buchstaben drauf. Also der jeweilige Tag der Woche. Damit nichts verwechselt werden kann. Pillen kommen dort hinein, die zu diesen Zeiten verabreicht werden müssen.

Am Ende jeden Tags schiebe ich ein leeres Kästchen unter die anderen sechs. Es quietscht etwas, dann ist es unter den anderen verschwunden. Ich schaue mir den aufgedruckten

Wochentag an und denke so, der Tag ist fast zu Ende.

Sie hatte am Morgen gelächelt und alles, was zu machen war, mitgemacht. Ein bisschen Knuddeln gefällt ihr und nicht zu viele, aber ein paar schon, Küsse auf die Nase, den Mund oder die eine oder andere Wange. Ihr Lächeln provoziere ich, wenn sie mal nicht gleich zufrieden scheint. Sie sagt ja nichts. Kann nichts sagen. Die Bettdecke, die auch ihre Füße bedeckt, schlage ich etwas zurück, so dass ihre Zehen frei liegen. Dann zähle ich auf beiden Seiten durch: Vater, Mutter und die drei Kinder. Der große, der nächste und die drei anderen, kleineren Zehen. Es muss sie furchtbar kitzeln, wenn ich ihre Zehen berühre. Erst langsam, nur ein Zucken ihres linken Mundwinkels ist zu erkennen, doch allmählich ergreift ihr Lächeln den ganzen Mund.

Das hängt mit der Lähmung zusammen, die ihre gesamte rechte Körperhälfte befallen hatte. So total war diese Lähmung, dass sie auch die Muskeln des Mundes, die der Zunge und alle anderen Muskeln der rechten Körperhälfte betroffen hatte. Ihre Lippen können sich noch immer nicht spontan schließen, meist steht ihr Mund ein wenig offen und die Spucke tropft aus dem rechten Mundwinkel. Je erschöpfter sie ist, je später der Tag, desto tiefer sinkt die rechte Unterlippe. Umso mehr Spucke tropft herab.

Der Haushaltspapierverbrauch hat sich seit ihrer Erkrankung auf ungeahnte Mengen erhöht.

Logopäden, Ergotherapeuten und Physiotherapeuten arbeiten daran, dass sich der Papierverbrauch verringert, aber besonders alle vorher gelähmten Muskeln sich wieder an ihrem Leben beteiligen. Sie arbeiten mit ihr. Heute ist am Morgen von der Lähmung weniger zu erkennen, die Finger ihrer rechten Hand öffnen sich, sogar der Daumen kommt aus seiner krummen Zurückhaltung und öffnet sich zum Greifen.

Dann darf ich meinen Wetterbericht anmachen. Der PC fährt hoch und bunte Bilder beleben den Monitor. Für Karin habe ich einen PC mit großem Monitor im Schlafzimmer aufgestellt und via WLAN können wir die Sendungen aus dem Internet sehen. Karin liebt es, sich den einen oder anderen Film anzusehen und ja, ich organisiere mir dadurch auch etwas Zeit für mich, aber meistens mit ziemlich schlechtem Gewissen. Aus den Lautsprechern wird noch Musik, die sie liebt, ertönen, doch zuerst sehen wir uns den Wetterbericht an.

Na ja, es ist meist das Morgenmagazin, aber nur zur halben oder ganzen Stunde, denn was dort als Top-Thema behandelt und berichtet wird, interessiert uns eher nicht. Also einmal Nachrichten, dann folgt, ja stimmt, da kommt noch ein Werbespot.

Bei ›Status Quo‹ und ›Phil Collins‹ liegt sie ruhig und zufrieden in ihrem Kopfkissen, bei Jürgen von der Lippe, Otto oder unseren beliebten Bauchrednern höre ich ihr Lachen, auch wenn ich gerade die Kaffeemaschine in der Küche fülle oder das abwasche, was ich am Abend zuvor liegen gelassen habe.

Mobby habe ich schon auf den grünen Hof entlassen, er spaziert stolz aber misstrauisch die Rampe hinunter, die unser Hauswirt nach einiger Zeit anstelle der Treppe aufschütten ließ.

Für mich eine tolle Erleichterung, denn die zuvor die Stufen überbrückende mobile Rampe hatte eine beängstigende Schräge, beängstigend auch, weil ich ja selber nach meinem Schlaganfall nur noch ein lädiertes Gleichgewichtsgefühl mein eigen nenne.

Misstrauisch ist unser Dackel, denn in den Nächten sind die Katzen der Umgebung Beherrscher des Hofes und nur am Tage er. Nach kurzer Zeit kommt er wieder rein, hinterlässt in der Küche deutliche Spuren, falls es draußen feucht war und übernimmt die Rolle des Bewachers der Wohnung. Karin lacht noch immer in ihrem Bett und Mobby rubbelt seinen Rücken unter dem Couchtisch, die Töne, die er dabei von sich gibt, zeugen vom Wohlbehagen. Wenn es mir zu viel wird, rufe ich kurz. Er springt sofort, aber beleidigt, auf seinen Sessel oder auf die Couch, denn diese Wohnzimmerecke gehört ihm, wie er meint.

Die Kaffeemaschine blubbert und von Karin ist ein heftiger Hustenanfall zu hören. Sie quält den Ton lang anhaltend heraus. Vor Monaten war ich noch erschrocken und habe alles unternommen, dass ihr Hustenanfall endet.

Aber die Logopädin hat mir erklärt, dass ich froh sein könnte, wenn Karin hustet. Husten reinigt die Luftröhre und verhindert das Eindringen von Speiseresten oder auch Spucke in die Lunge. So manches Mal staune ich über das, was ich alter Heini noch Neues erlernen kann und muss. Also dieses oft quälende Husten ist geeignet, ihre Luftröhre von Spucke oder Speiseresten zu befreien.

Wenn dort etwas landet, was da nicht hingehört, droht eine Lungenentzündung, was ungefähr soviel wie eine Vorstufe zum Sterben ist bzw. sein kann. Also versuche ich meine spontane Abwehr zu beherrschen und erkläre ihr, auch während sie hustet, dass ich ihre Stimme deutlich hören kann. Zum einen schaffe ich es, im Husten wirklich etwas Positives zu erkennen und zum anderen, auch für ihr Sprachverständnis etwas zu tun. Ja, was manchem Mann wie ein Wunder und eine wünschenswerte Gabe zu sein scheint, ist für uns ein Fluch. Ich würde jedes Wort lieben, welches ihrem Munde entrinnt. Doch seit Mitte des Jahres 2012 hat sie nicht mehr mit mir gesprochen.

Meistens kam am Vormittag eine von den Therapeuten. An die Frauen und den einen

Mann vom Pflegedienst hatten wir uns ja fast schon gewöhnt. Sie kommen drei Mal am Tag, für die Gabe der Medikamente. Dabei mache ich das ja sowieso, aber ich kann ihnen Fragen stellen. Fragen, die meistens Frauen besser, viel besser beantworten können als Männer.

Doch so gehört eben der Vormittag den Therapeuten. Physio, Ergo und Logopädin.

Zu den meisten haben wir ein gutes Verhältnis, zu denen, die andauernd wechseln, bleibt keine Zeit dafür. Es ist auch nicht besonders gut für den Therapieerfolg, wenn die Therapeuten zu oft wechseln. So ein Vertrauensverhältnis zwischen Patienten und Therapeuten ist ebenso wichtig, wie das Vertrauensverhältnis zwischen den Klienten und dem Personal des Pflegedienstes.

Dass die Angehörigen, also auch ich, in dieses Verhältnis oder besser in diese Verhältnisse einbezogen sind, wurde mir besonders klar, als ich eines Tages im Frühjahr feststellte, dass ich mich total verliebt habe. In eine Pflegekraft, Fachkraft, wie hier stets betont wird.

Wie, mit welchen Worten soll ich dieses Gefühl beschreiben, das mich ergriffen hatte. Der erste Impuls war eher schuldbewusst. Mich ergriff ein schlechtes Gewissen gegenüber Karin. Eine Freundin fand schnell den Begriff von den ›Flugzeugen im Bauch‹ eine andere meinte, ›meine Lenden wären verliebt‹. Egal wie dieses Gefühl bezeichnet werden kann, es erinnerte mich an die erste Begegnung mit Karin, von der ich seit vierzig Jahren nicht mehr lassen konnte.

Verwirrt und auch etwas hilflos habe ich mich mit vielen Freundinnen und Freunden beratschlagt. Die Empfehlungen und Ratschläge reichten vom ›ausleben, unbedingt auslebe‹ bis zum ›Du bist verrückt, die kommt doch vom Dorf und ehe die irgendetwas macht, was eher nicht konservativ ist, gewinnst du einen Sechser im Lotto!‹

Mein geistiges Bild vom Objekt der Begierde entsprach nicht der Realität, zu der ich nach drei Wochen zurückfand. Ich sah in ihren Augen und auf ihrer Stirn einen grauen Schimmer, furchtbarer Erfahrungen, Erinnerungen in ihr, die Traurigkeit und Schlimmeres erahnen ließen. Meine, vielleicht etwas romantische Seele und vielleicht auch meine Lenden, gaukelten mir etwas vor.

Meistens rettet mich in solch einer Situation meine Schreiberei. Ein Gedicht oder die eine oder andere Geschichte entsteht. Mitten in meiner Euphorie entstand also mein Gedicht. Ihr Echo darauf aktiviert meine Ratio.

›Ich bin nicht so was, wie romantisch!‹, ihre Meinung auf mein kleines Gedicht, das ich ihr schenkte, hat mich dann doch etwas enttäuscht.

Vielleicht bin ich ja in meinem Denken anders, viel viel weiter, als sie? Da habe ich bestimmt etwas anderes in sie hinein gewünscht, als sie in Wirklichkeit bietet.

›Ruhig, ganz ruhig Brauner!‹, hat mir eine gute Freundin geschrieben. Sie war offenbar nahezu entsetzt über mein kleines Gedicht, das ich der ›Dame meines Herzens‹ widmete. Vielleicht hätte ich es doch nicht an diese senden sollen?

Schon wieder eine neue, zusätzlich zu den anderen tausend Fragen in diesem Zusammenhang. Ihr Gesicht spricht anderes aus, anderes als sie sagt. Aber das bildete ich mir nur ein. Nichts geschah im Anschluss, langsam senkte sich meine Gefühlsschwelle und es wurde mir klar, dass ich meiner Blindheit zum Opfer gefallen war, die ein einziges Gefühl verursachte. Ich schrieb daraufhin einen Brief, der sie jedoch nie erreichte:

Hallo Du,
irgendwie gelingt es uns nicht, zu ein paar klaren Worten zu kommen. Daher schreibe ich dir auf, was mich bewegte und nun nicht mehr bewegt.
Was nun nicht mehr bewegend ist, weil mein Gehirn wieder die Kontrolle übernommen hat.
Was mir passierte und wofür ich dir unbedingt Dank sagen muss.
Ich danke dir für ein paar Tage mit Gefühlen, wie ich sie aus meiner Zeit als Jugendlicher und als beginnender Mann erlebte, die zum guten Schluss dazu führten, dass ich auch heute noch meine Karin von ganzem Herzen liebe.
Ja, du hattest sicherlich vollkommen unbewusst, in mir eine Flamme entfacht, von der ich

meinte, sie würde nie wieder so auflodern, so heiß brennen.

Ich hatte in dir und in deinen Augen Schwermut und Sehnsüchte entdeckt, die zu stillen ich bereit gewesen wäre. Mein Herz stand plötzlich wieder in Flammen, genauso hatte es sich angefühlt, als ich mich in Karin verliebte.

Mit guten Freunden habe ich mich in meiner Hilflosigkeit beraten, natürlich ohne deinen Namen zu nennen. Die einen rieten mir dazu, mich dir gegenüber zu offenbaren, du erinnerst dich vielleicht an ein Gedicht, das ich dir schickte.

Die anderen Freunde rieten mir, mein neues Gefühl auszuleben, was ich nicht vermochte, denn ich war nicht nur entzückt von diesem Gefühl, sondern es verwirrte mich total. Wiederum andere Freunde erklärten mir, dass ich nicht solche Gedanken gegenüber einer Frau haben darf, die sich mit der Pflege meiner Karin befasst.

In meinem Kopf rasten die unterschiedlichsten Gedanken, sie schwirrten hin und her, lediglich von Wunschträumen unterbrochen, in denen du ständig die Hauptrolle spieltest.

Einen ersten Dämpfer bekam ich dann, als du mir erklärtest, dass du nicht für lyrische Texte seist. Deine, sagen wir mal unsensible Reaktion auf dieses eine, heiße Gedicht entsprach nicht meinen Gedanken und Gefühlen.

Ich begann realistischer nachzudenken, meine Wunschträume zu analysieren, außerdem bekam ich einen Realitätsschub von einer guten Freundin. Man kann auch sagen, sie sprach mir gegenüber Klartext.

Dein, es erscheint mir jedenfalls so, Drang uns in der Folge nicht mehr aufzusuchen, hat meine Gedanken weiter in rationelle Wege geleitet.

Es ist etwas unprofessionell von dir, wenn du so die „Flucht ergreifst", es erscheint sogar etwas feige, schließlich hatte ich dich gebeten mir Gelegenheit zu geben, dir zu erklären, dass mein ›Verliebtsein‹ in dich offenbar ein großer Irrtum meiner Gefühle war.

Ich wollte dir dafür danken, dass ich für ein paar Tage wieder dieses Flugzeuge-im-Bauch-Gefühl haben durfte, das nun, unter der Last der Realität, erloschen ist.

Den Dank überreiche ich dir nun hiermit. Du hast nach wie vor meine Achtung als sach- und fachkundige Mitarbeiterin des Pflegedienstes, der sich vor allem um die Belange meiner Karin kümmert. Meine Gefühle sind nunmehr erloschen und ruhen in meinen Erinnerungen als eine wunderbare, kurze Episode, ein Rollenspiel für nur eine Person. Nur für mich!

Ziemlich offen habe ich mit Karin über meine Erlebnisse gesprochen und ihr geschildert, was mich so sehr bewegte. Gibt es die geteilte Liebe?

Ich weiß es nicht. Karin kann mir nicht sagen, was sie davon hält, es gibt keine Träne von ihr oder eine andere auswertbare Reaktion. Nur eines ist mir klarer denn je geworden:

Karin ist die wahre Liebe meines Lebens!

Für Ihre Gedanken

Kornelia Schmid

Unsere Krankheit MS

Abschied - Stück für Stück
Erst von Metern - Schritten, kleiner werdend, kürzer, schwer. Stück für Stück - von viel - zu wenig - bis gar nicht mehr.

Abschied: - Tränen - Wut - leer.
Gewöhnung an das, was ist - Besser - wieder Freude und Glück. Dann erneut! - Stück für Stück geht das Eine und Andere wieder nicht mehr.

Abschied: - Tränen - Wut - leer.
Gewöhnung: - an das Bisschen, was geht - Zufriedenheit dafür!
»Es geht anderen schlechter! - Es geht uns doch gut!«
Doch dann wieder! - Stück für Stück verloren - der Mut, die Hoffnung - Angst vor der Zukunft!

Immer wieder Abschied und Schwere - Trauer - normal.
Diese Sch...-Krankheit ist manchmal nur Qual!

Abschied - Abschied - immer mehr.
Ich hasse die Krankheit manchmal so sehr.
Was bleibt da noch übrig? - Irgendwann?
Was bringt mir die Zukunft? - Mit meinem Mann?

Abschied - kann sein von so Vielem - und mehr.
Doch was trägt ist die Liebe - und die trägt uns sehr!!

Für meinen Mann

Für Ihre Gedanken

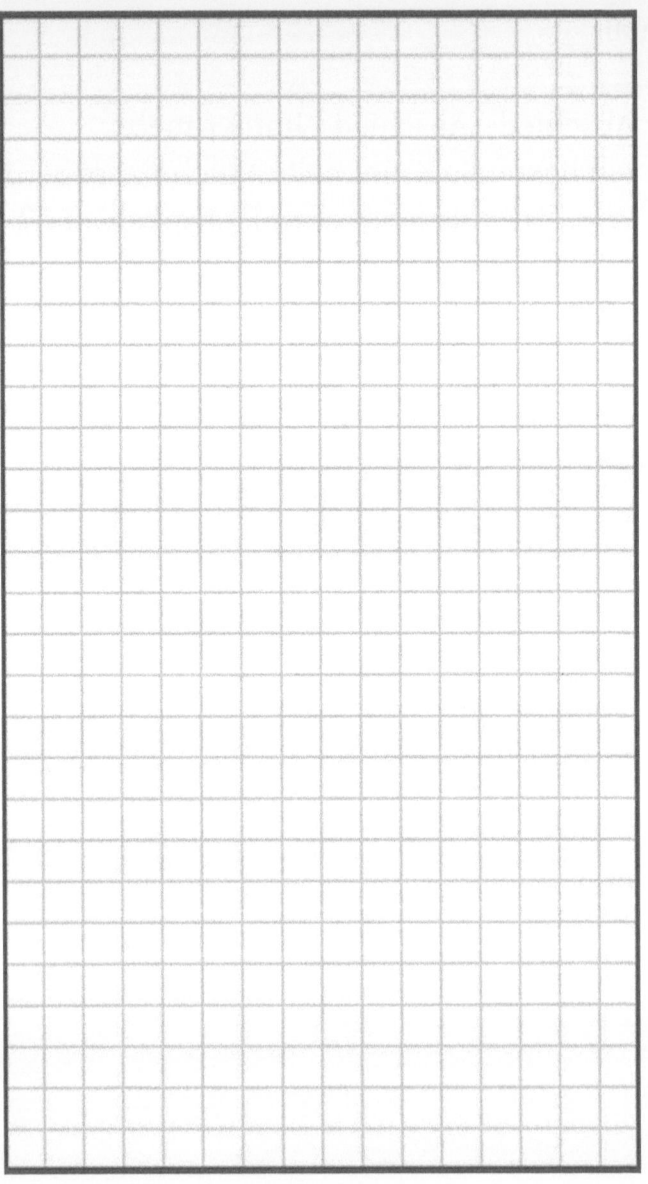

Für Ihre Gedanken

Brigitte Hald-Hübner

Persönliches Vater unser (2006)

Vater unser im Himmel.
Du bist wie ein Vater,
der nur Gutes für seine Kinder will.
Sei mit uns und wirke auch hier auf Erden.

Geheiligt werde dein Name
Oft verlieren wir Deine Gegenwart
aus dem Blick;
hilf uns, sie wiederzufinden.

Dein Name gebe uns Kraft,
wenn wir schwach und Hoffnung,
wenn wir verzweifelt und mutlos sind.
Sei Du uns Ratgeber
und Mittler in Streit und Auseinandersetzung.
Geheiligt werde dein Name.

Dein Reich komme.
Dein Reich ist nicht von dieser Welt.

Deine alles umfassende Liebe wohnt in uns
und hilft uns,
Mächten der Berechnung und
Ichsucht zu begegnen.
Zu uns komme dein Reich.

Dein Wille geschehe,
wie im Himmel so auf Erden
Oft fragen wir nicht nach Deinem Willen
und handeln nach unserer Planung,
so, als müsste diese endgültig sein.
Dabei siehst du andere Wege für uns vor.
Lass uns diese sehen und gehen.
Dein Wille geschehe.

Unser tägliches Brot gib uns heute.
Gib uns, was wir zum Leben brauchen
und schenke uns offene Herzen und Hände,
um Hungernde zu sättigen.
Lass uns Menschen werden,
die gegen Unterdrückung, Hunger
und Ungerechtigkeit ankämpfen.
Gib uns unser tägliches Brot.

Und vergib uns unsere Schuld,
wie auch wir vergeben unseren Schuldigern.

Vergib uns, wo wir fehlen
und lass uns verzeihen,
wo wir Unrecht erfahren.
Vergib uns, wenn wir reden
und handeln ohne Liebe,
und wenn wir uns selbst
und den Anderen missachten.

Vergib uns unsere Schuld.
Und führe uns nicht in Versuchung.

Bleibe bei uns, wenn wir uns verlassen glauben
und Verbitterung uns überkommt.
Steh uns bei, wenn wir versucht sind,
größer sein zu wollen als Du.
Sei uns Orientierung und Weg.

Führe uns nicht in Versuchung.
Sondern erlöse uns von dem Bösen

Schenke uns deine Nähe,
um Lieblosigkeit, Hass und Resignation
in uns und um uns standzuhalten.
Schicke uns Retter in der Not.
Gib uns die Gaben der Vernunft und Liebe,
die im Stande sind, das Böse zu überwinden.

Erlöse uns von dem Bösen,
denn dein ist das Reich
und die Kraft
und die Herrlichkeit,
in Ewigkeit.

Für Ihre Gedanken

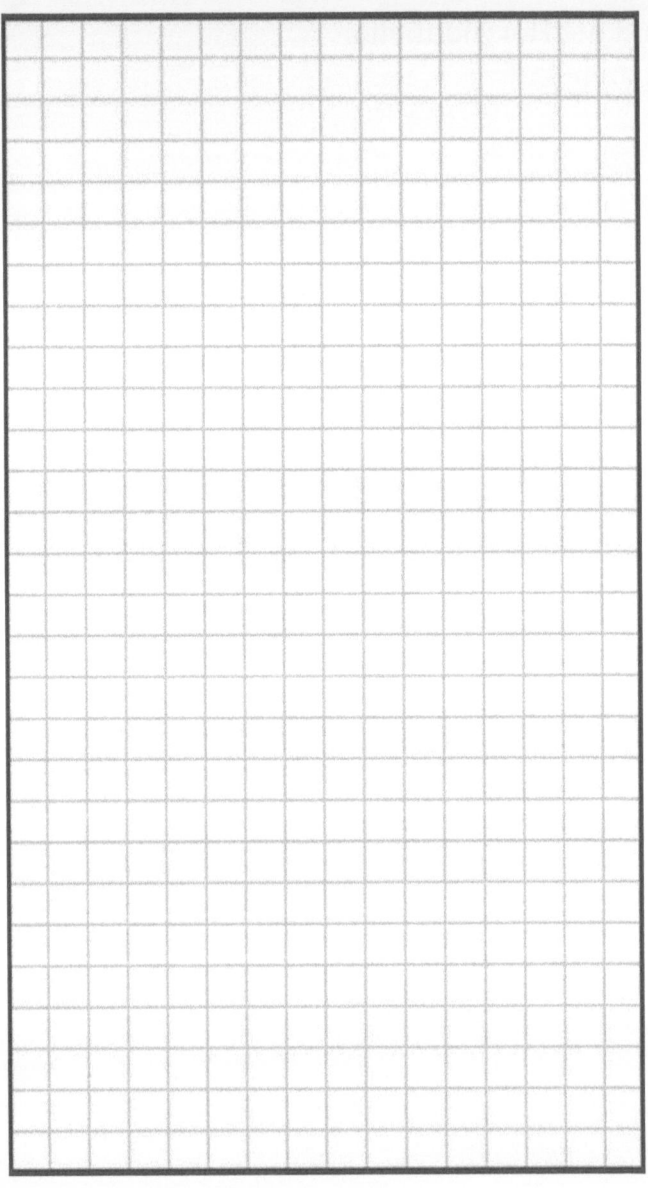

Für Ihre Gedanken

Uwe Worm

Samstag »ER«

(Ein Auszug aus einem geplanten Buch)

Schweißgebadet wache ich auf und unterdrücke ein Stöhnen. Die Beine, die ich ansonsten nicht mehr merke, tun so unglaublich weh. Sie strecken sich durch, oder krampfen im fünfzehn Sekunden Takt. Machen für mich unkontrollierbare Bewegungen, und ich kann es gar nicht fassen.

Eben ging doch noch alles. Ich konnte laufen, springen, etwas anziehen und einfach nur fröhlich sein. Aber das war eben, in meiner Traumwelt, in der immer alles geht. In die ich mich von Tag zu Tag lieber zurückziehen möchte. Jetzt bin ich wieder im hier und heute. Es gilt, einen weiteren Tag zu schaffen.

Meine ersten Gedanken: ›Ich will das nicht‹, ›Es wird doch eh nichts mehr besser‹, ›Warum weitermachen‹.

Ich versuche, mich besser hinzulegen. Bekomme meinen Körper nicht so bewegt wie ich es früher konnte und jetzt möchte. Es ist zum Verzweifeln.

Ich kann mich nicht mal mehr gerade zurechtrücken, wenn ich aufgrund der ungewollten Bewegungen total schief liege.

Mein linker Arm fängt an zu zittern, wenn ich ihn nur leicht anhebe, ich kann mich nicht kratzen, obwohl es doch am Kopf juckt. Ich treffe diese blöde juckende Stelle nicht, die Hand schlackert einfach nur hin und her und ich hau mich eher, als dass ich mich kratze. Ich unterdrücke ein weiteres Stöhnen. Ein beschissenes Leben.

Wer bin ich noch? Immer auf Hilfe angewiesen. Nichts geht mehr.

Mir ist kalt, ich ertrage ja nichts mehr auf der Haut. Friere nur noch, egal wie warm es ist. Nach draußen komme ich eh nicht mehr. Aus und vorbei. Ich rechne kurz nach, sechs Jahre ist es her, dass ich zuletzt draußen war. Wobei ich eigentlich nicht nachrechnen muss, ich weiß die Zeit auch so. Mehr oder weniger auf den Tag genau.

Jetzt gibt es nur noch meine kleine Welt. Schlafzimmer, Arbeitsraum und Bad. Alles für mich ohne Hilfe unerreichbar. Ich hasse mich und mein Leben. Wie konnte es bloß soweit kommen?

Immer die gleichen Gedanken, Tag für Tag. Ich drehe mich im Kreis. Ich möchte raus aus dem Kreis, schaffe es aber nicht. Ja, Drehen, wenn das man ginge. Gehen, auch schon lange nicht mehr. Alles nur noch im Kopf.

Zu oft wurde mir Hoffnung gemacht. Hoffnung auf Besserung. Bisher ging alles, aber auch wirklich alles nach hinten los. Hoffnung? Was ist das? Hoffnungslos ist das Richtige. Fallen gelassen von allen Ärzten. ›Wir können nicht helfen, nur noch lindern.‹ Toll.

Ich sterbe jeden Tag ein bisschen mehr und muss zugucken. Wieder der Gedanke: ›Ich will das nicht - nicht so.‹ Das kann doch nicht alles gewesen sein. Ich bin doch noch nicht alt!

Das Fenster ist auf. Ich höre Leute draußen entlang gehen und auch lachen. Gehen, mein unerfüllbarer Wunsch, Lachen, das ist mir vergangen, schon lange. Früher, ja, da war das anders.

Da war ich ein lustiger Mensch. Hab immer und gerne gelacht. Jetzt? Ich hab nichts mehr zu lachen.

Die Beine zucken noch immer, es tut so weh. Ich kann nichts machen. Bin total hilflos.

Mist! Wenn ich könnte, würde ich heulen. Aber Männer heulen nicht! Außerdem, wenn ich wirklich heulen würde, könnte ich nicht mehr aufhören. Dann wäre ich verloren. Dieser Weg ist mir verbaut, war mir schon immer verbaut. Ich hab noch nie geheult. Nichtmal als kleiner Junge.

Jetzt laufen schon wieder Leute auf dem Gehweg vorbei. Was für ein schönes aber auch schreckliches Geräusch. Schritte. Wieder der Gedanke: ›Ich werde nie wieder gehen können.‹ Aus und vorbei.

Mir zerspringt der Kopf. Ich kann das nicht begreifen, ich will das auch nicht begreifen. Nur ein paar Schritte, innerhalb der Wohnung, und wenn es mit Festhalten ist, würden mir doch inzwischen schon reichen. Ist denn das wirklich zu viel? Warum klappt das nicht?

Warum bekomme ich das nicht mehr hin? Ich hab doch immer alles geschafft.

Die Gedanken kreisen weiter im Kopf, dieser ist schon ganz heiß.

Die Sonne scheint durch einen kleinen Spalt der Gardinen. Ich muss weggucken.
　Meine Augen tun mir weh. Hätte ich doch damals nicht das Schlangengift genommen. Seitdem sind meine Augen so lichtempfindlich. ›Hätte ich doch nicht.‹ Wie oft denke ich inzwischen auch diesen Satz.

Die Tage werden immer schöner und ich hänge hier fest. Hänge fest in einem Körper, den ich inzwischen hasse. Ja, ich hasse mich! Mit der rechten Faust hau ich auf meine Beine, seid doch endlich ruhig, hört auf zu zucken. Es klappt nicht.

Wann war ich das letzte Mal glücklich? Ich weiß es fast nicht mehr. Habe inzwischen verlernt, glücklich zu sein. Das kann ich erst wieder, wenn ich einige Schritte gehen könnte. Aber das wird nichts mehr. Nie wieder. Ich geh kaputt.

Meine Frau liegt neben mir, guckt mich an, sie ist schon länger wach, das weiß ich. Sie hat nachts, wie so oft in den letzten Jahren, immer wieder meine unkontrollierten Beine entwirrt und richtig hingelegt. Mich gelagert. Manchmal merke ich das, manchmal nicht. Ich fühle mich schlecht dabei, sie braucht doch ihren Schlaf auch. Hab ihr gegenüber ein schlechtes Gewissen. Permanent inzwischen.

Was bin ich bloß für eine Last geworden? Das wollte ich nie sein. Pflegefall. Pflegestufe III. Was für ein Wahnsinn. Was bin ich noch für ein Mann?

Ich freue mich immer, sie zu sehen, auch wenn sofort die Trauer hochkommt. Was wollte ich ihr alles bieten und was biete ich ihr jetzt? Einen blöden verkrüppelten Spasti, der nichts mehr kann.

Manchmal bin ich noch so in meinem Traum gefangen und so traurig, da bringe ich nicht mal einen ›Guten Morgen‹ raus, obwohl ich weiß, das tut ihr weh. Dann ärgere ich mich noch mehr über mich selbst.

Sie streichelt mir die Wange, da merke ich Berührungen noch.

Berührungen, eigentlich so schön, aber auch das ist kaum noch möglich außer im Gesicht. Missempfindungen der Haut. Alles tut weh. Die Haut brennt, und dies seit sieben Jahren.

Für Ihre Gedanken

Wiebke Worm

Deine Trauer

Ich sehe dich an,
dein Gesicht ist versteinert.
Erstarrt in Trauer,
kein Lächeln erhellt den Tag.
Tränen stehen in deinen Augen
und werden nicht geweint.

Deine Gedanken kreisen
um deinen unendlichen Verlust,
nichts kann dich davon abbringen,
auch ich nicht.

Die Trauer,
der Schmerz brechen sich keine Bahnen.
Das verbietest du dir,
das macht dich kaputt
und mich ebenfalls.
Deine ungeweinten Tränen zerbrechen dich
jeden Tag ein kleines bisschen mehr.
Mich aber auch, ich bin so hilflos.

Du siehst so unglücklich aus,
ich könnte weinen,
nur wenn ich dich ansehe.
Selten gebe ich dem nach,
wo kommen wir sonst noch hin?

Dein Leid möchte ich von dir nehmen,
kann es aber nicht.
Und so versinken wir beide.

Wir kommen auch wieder hoch,
irgendwie muss es ja weitergehen.

Wie lange noch, ist aber trotzdem deine Frage.

Eine Frage, die ich dir nicht beantworten kann,
und so beginnt alles wieder von vorne.

Für Ihre Gedanken

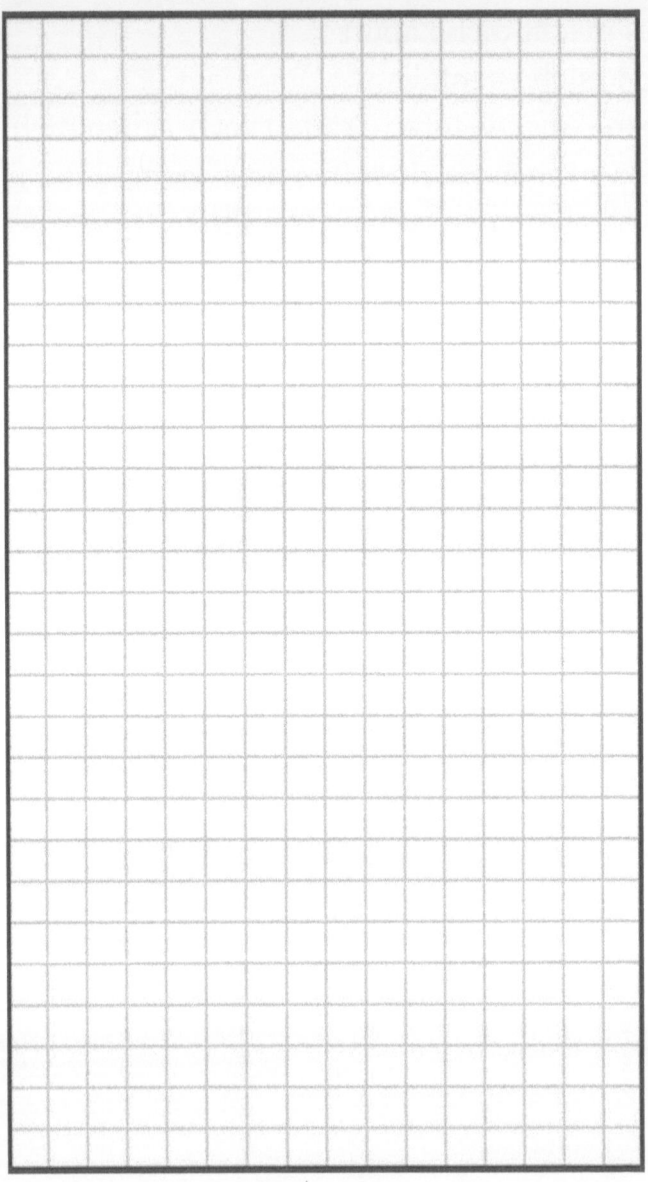

Für Ihre Gedanken

Dagmar Wicher

Der singende Bulli

Es war ein heißer Sommer und es waren Sommerferien. Sabrina war langweilig. Wie beneidete sie ihren Bruder, weil der und sein Freund und Nachbarsohn bei den Ferienspielen der Lebenshilfe mitmachen durften. Jeden Morgen kam der Bulli der Lebenshilfe und holte Sebastian und Julian ab.

Sie erzählten am Nachmittag, wie toll es war und was sie alles erlebt hatten. In der letzten Ferienwoche jedoch durften die Geschwisterkinder einen Tag mitfahren. Es ging in den Tierpark.

Also fuhr am Morgen Sebastian mit seiner Schwester Sabrina und Julian mit seinen Schwestern Jasmin und Jenny mit dem Bulli der Lebenshilfe erst zum Haus der Lebenshilfe und dann in den Zoo.

Am Nachmittag hupte der Bulli und es war so laut. Sabrina, Sebastian, Julian, Jasmin, Jenny und die zwei Zivis sangen aus voller Brust: »Ene Besuch im Zoo, ohohohoj, nee was ist dat schön.«

Die hatten einen Mordsspaß und erst nach der dritten Strophe waren alle aus dem Bus geklettert.

Im darauffolgenden Jahr durften die Geschwisterkinder eine ganze Woche mitfahren und hatten alle viel Spaß.

Für Ihre Gedanken

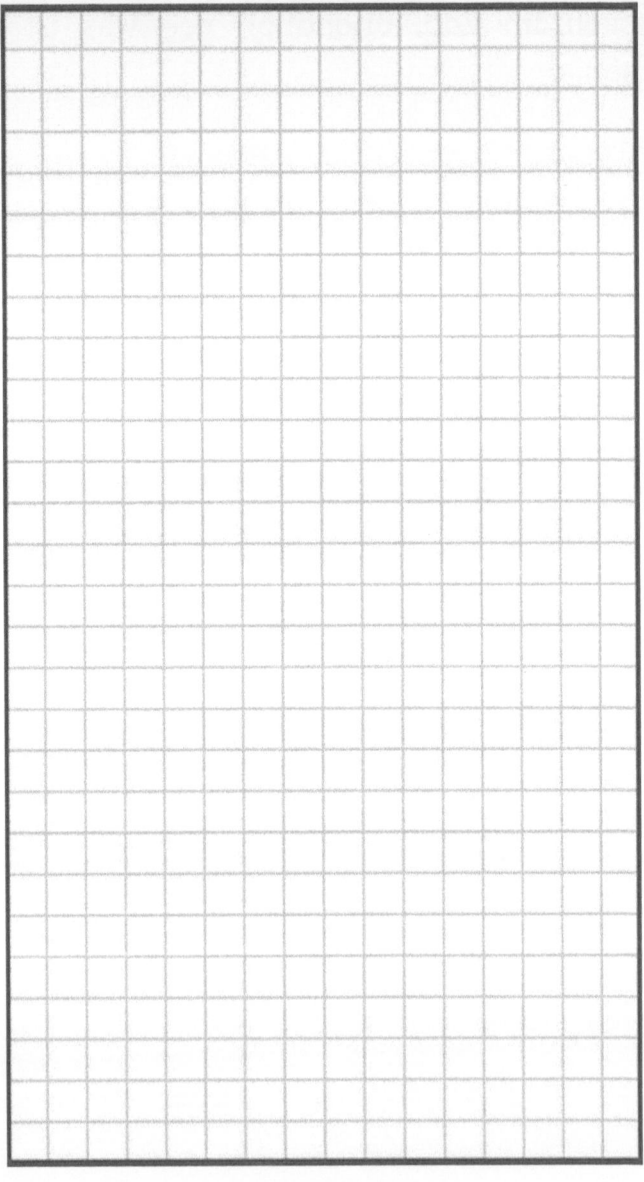

Für Ihre Gedanken

Hanni Schertl

Berufen um zu pflegen

Text und Melodie:
Unheilig: GEBOREN UM ZU LEBEN
Umgeschriebener Text:
Hanni Schertl

Rezitativ:

Es fällt mir schwer,
mich abzufinden
mit der Krankheit, dem Gebrechen
nach vorne zu seh´n.
Doch ich bin froh,
dass es sie gibt,
die Engel ohne Flügel,
du siehst sie nicht.

Ich stell mir vor,
es gäbe sie nicht.
Was wär mit mir,
gäb´s ihre Hilfe nicht ?

Ich denke an so vieles
seitdem ich Hilfe brauch´,
aber meine Engel helfen,
immer wenn ich sie brauch´!

Refrain:

Sie sind berufen, uns zu pflegen,
trotz dieser schweren Zeit.
Stoßen immer, immer wieder
an Grenzen der Belastbarkeit.

Sie sind für uns berufen,
uns zu pflegen jederzeit,
schenken Achtung und Vertrauen,
unser Weg ist noch sehr weit.

Rezitativ:

Sie sind die Engel,
ihre Flügel sieht man nicht.
Trotz sehr knapper Zeit,
tun sie ALLES für dich.
Bringen Licht in dein Dunkel,
sind da für dich,
ohne sie, uns´re Engel,
ging´ so Manches nicht.

Wir wünschen uns sehr,
dass der Zeitdruck schwindet,
dass durch neue Gesetze
viele Engel sich finden.

Es macht viel Sinn,
wenn die Obrigkeiten
sich umschau´n,
was die Pflege tagtäglich so leistet.

<u>REFRAIN:</u>

Sie sind berufen, uns zu pflegen,
trotz dieser schweren Zeit.
Stoßen immer, immer wieder
an Grenzen der Belastbarkeit.

Sie sind für uns berufen,
uns zu pflegen jederzeit,
schenken Achtung und Vertrauen,
unser Weg ist noch sehr weit.

<u>Schluss:</u>
WIE WERTVOLL PFLEGE IST
SIE SIND BERUFEN UM ZU PFLEGEN
DIE ENGEL OHNE FLÜGEL
BERUFEN UM ZU PFLEGEN ....

Für Ihre Gedanken

Lydia Losehand

Demenz-Anekdoten

Nr. 1

Mein Schwiegervater lebte ein halbes Jahr bei uns, bis wir eine gute Unterkunft für ihn fanden.
Er war zu dieser Zeit körperlich noch sehr fit, aber schon sehr vergesslich. So ergab sich bei einem Abendessen ein heiteres Gespräch, denn meinem Schwiegervater fiel an diesem Abend nur der Begriff Gans ein.

Schwiegervater: »Kann ich bitte von der Gans haben.«

Sohn: »Ja Vati, nimm die Wurst auf dein Brot."
Schwiegervater: »Soll ich mit der Gans essen?«

Sohn: »Ja Vati, schneide das Brot mit dem Messer und führe die Gabel in den Mund.«
Schwiegervater aß genussvoll und sah mich dabei lange nachdenklich an.

Plötzlich prasselte es aus ihm heraus: »Und die Gans hast du also geheiratet.«

Er lächelte wohlwollend dabei, und wir lachten laut los. – Ein wunderbares Essen.

Nr. 2

Nach dem Mittagessen machte Vati ein Nickerchen. Er erwachte und zeigte auf sein rechtes Handgelenk: »Wo ist meine Uhr?«

Ich: »Vati, deine Uhr ist am linken Handgelenk.«

Er zeigte wieder auf sein rechtes Handgelenk und es kam vorwurfsvoll: »Wo ist meine Uhr?«

Ich: »Vati, ich sagte dir schon, deine Uhr ist am linken Handgelenk«. Ich deutete auf die Armbanduhr.

Vati, jetzt ziemlich erbost: »Wo ist meine Uhr?«, und zeigte auf seinen rechten Arm.
Ich überlegte, suchte die alte Armbanduhr meines Mannes und band sie an Schwieger-

vaters rechtes Handgelenk. Er strahlte mich glücklich an und rief: »Siehste!«

Für Ihre Gedanken

Wiebke Worm

Demenz-Gedankensplitter

(Für eine Freundin zum Thema Demenz geschrieben)

Alles ist grau und schwammig, ich komme mir vor, wie in einem langen Tunnel. Am Ende ist ein Licht, und ich sehe durch die Dämmerung ein Gesicht.

Ich weiß, dass ich es geliebt habe, oder nicht? Wie war nur der Name?

Erinnerungen, kommen hoch, verschwinden wieder. Sie werden immer undeutlicher, aber es stört mich nicht, weil ich es ja sofort wieder vergesse.

An guten Tagen macht mich das mal traurig und mal wütend, ansonsten sitze ich einfach nur da, und starre ins Nichts, oder ist es umgekehrt?

Die Zeit vergeht, so wie ein Mensch eben auch. Aber das ist nicht schlimm, am Ende ist ja das Licht.

Für Ihre Gedanken

Rainer Pick

Tag

Es ist total verwirrend, anstrengend und wunderbar. Ich breche mir den Rücken durch und falle todmüde ins Bett, Sekunden später bin ich weg, nicht ohne zuvor zufrieden die Atemzüge von Karin zu hören.

Ja, sie ist wieder zu Hause angekommen. Ein altes Ehebett ist aus dem Schlafzimmer verschwunden, eine Eckbank aus der Küche. Dafür liege ich jetzt auf einer einfachen, preiswerten Liege und mein Hase in einem Bett, dessen Fernbedienung dazu verhelfen soll, die Höhe der Liegefläche, ihre Neigung und die Höhe des Kopfbereichs zu verändern.

Die Eckbank aus der Küche musste verschwinden, weil wir neue, freie Wege für das Fahren mit einem Rollstuhl in der Wohnung brauchten.

Seitdem sie da ist, schaffe ich acht Stunden Schlaf am Stück. Es ist, erst wollte ich schreiben es scheint, aber es ist sie wirklich, eine Kunst, einen Menschen, der teilweise gelähmt ist, vom Rollstuhl in sein Bett und aus dem Bett in den Rollstuhl zu bringen.

Die Fachleute nennen es Transfer, ich nenne es ein starkes Stück Arbeit.

Doch das macht nichts, ich hoffe auf ein Nachlassen des Muskelkaters, diesem unnützen Vieh, und auf die Reparatur des super tollen Pflegebettes, denn es hebt die Liegefläche zwar hoch, jedoch nur auf einer Seite, dem hinteren Ende. Das ist nur teilweise hilfreich. In der nächsten Woche soll der Mechaniker kommen und es wieder flott machen.

Der Tag beginnt mit dem Heizen der Wohnung, der Ganzkörperwäsche meiner Geliebten, die mit einer Hand so hilft, dass ich eigentlich drei Hände bräuchte, um mit dem Waschen fertig zu werden. Du wäscht Regionen, die dich in früheren Zeiten auf ganz andere Art gereizt hatten und die in momentaner Sachlichkeit und dennoch mit dem Bezug zu all den schönen Sachen, die ihr miteinander anstelltet und auch jüngst noch angestellt habt, sauber und reizend vor dir liegen.

Sachen anziehen, Hosen können ja so unhandlich sein, Strümpfe und Schuhe, BH und Pulli und dann beginnt jene Aktion, deren Namen ich an anderer Stelle schon nannte. Zuvor noch schnell diesen komischen Kunststoffbehälter an ihrer Hose befestigen, der auffängt, was ihr Dauerkatheter da hinein befördert.

Nun umarme ich sie und ihren Körper, mit einem Ruck erhebt sie sich und steht in meiner Umarmung. Nur noch drehen, da müsste der eine Fuß nach vorn und der andere Fuß nach hinten treten. So richtig freiwillig tut sie es nicht! Mit ihr reden, dabei den Körper so händeln, dass ein Bein entlastet und das andere belastet wird. Dann schubst du mit deinem Fuß ihren Fuß, bis dieser den gewünschten Schritt in die gewünschte Richtung macht. Die Therapeuten der Klinik, die das lesen, krümmen sich vermutlich vor Lachen, wenn sie dies hier lesen. Während dessen bricht dein Rücken langsam auseinander, aber du musst sie auf jeden Fall halten, denn sie soll ja nicht zu Boden stürzen. Ein Blick über ihre Schulter zeigt dir, dass deine Geliebte die richtige Richtung und Position erreicht hat und du bedeutest ihr durch Gestik, Sprache und dem Druck mit allen möglichen Körperteilen sich wieder zu setzen. Es ist sicherlich für sie eine große Erleichterung, endlich wieder in eine Position zu gelangen, die Halt und Sitz bietet, kurz, im Rollstuhl zum Sitzen zu kommen.

Deine Erleichterung wird durch die Entlastung bestimmt, die deine Wirbelsäule erfährt. Mit dem Gefährt, dessen Fußstützen du noch schnell montiert hast, ebenso wie den Tisch aus Plexiglas hoppelst du über die Türschwelle vom Schlafzimmer zum Badezimmer, dort noch schnell die Haare kämmen, einen Zopf flechten, mit ihr sprechen, während sie ungehalten schweigt, dann über die Türschwelle vom Badezimmer zur Küche hoppeln und von dort noch einmal hoppeln, richtig von der Küche in das Wohnzimmer. Dort angekommen, lässt du deine Geliebte einen Moment allein, sie schaut aus dem Fenster und kann sich an den Besuchern des gegenüber liegenden Bäckergeschäftes belustigen. Es ist meist interessanter als das Fernsehprogramm aller Sender.

Das Hoppeln übrigens muss sein, denn die Notwendigkeit von kleinen Schwellenrampen, die muss ein Gutachter des Medizinischen Dienstes der Krankenkassen erst bestätigen und der kommt erst in 14 Tagen.

Er wird noch viel mehr bestätigen oder ablehnen müssen, darüber und warum bauliche Veränderungen, anstatt während der medizinisch bedingten Abwesenheit von mehr als drei Monaten der Patientin nicht ausreichen, diese zu realisieren, wird an anderer Stelle erklärt.

Du hast eh keine Zeit, denn du musst die Medizin vorbereiten und das Frühstück pürieren, denn noch kann deine Geliebte nicht vollständig kauen. Man kann und muss alles pürieren und es geht sogar. Schon mal Kassler püriert gegessen? Es schmeckt! Auch in der Kombination mit Erbsen, Kartoffeln und Blumenkohl oder Hähnchenleber mit Zwiebeln, eben alles püriert. Einen dazu erforderlichen Stab hat Matze, unser Ältester, sozusagen als vorgezogenes Weihnachtsgeschenk mitgebracht. Nun kann püriert werden, was nicht bei drei auf dem Baum sitzt.

Karin isst es auf und es schmeckt ihr vermutlich auch, denn Teller und Schüsseln werden geleert.

Nach dem Mittagessen ist Mittagsschlaf angesagt. Die Prozeduren dürften ja nun bekannt sein, bis auf meinen Mittagsschlaf. Ja, ich halte den wirklich. Bei Facebook habe ich eine Kurzbeschreibung eingestellt, der Einfachheit halber tue ich das hier auch:

Mein Mittagsschlaf heute:

Karin liegt im Bett, ich sitze auf dem Rollstuhl daneben. Ein leichtes Ziehen an meinem, dem Bett zugewandten, Arm lässt mich hochschrecken. Karin Gesicht neben mir lächelt mich an, die Uhr zeigt, es sind knapp zwei Stunden vergangen.

So oder so ähnlich sehen nun meine Mittagsstunden aus. Mit kleinen Variationen. Heute habe ich einen Verschluss an der Flüssigkeitsleitung von der kleinen Pumpe zum separaten Mageneingang nicht richtig verschlossen und es nicht einmal sofort bemerkt, sondern erst als mich ein tropfendes Geräusch aus meinem sitzenden Schlaf weckt. Ich sitze, wie immer, auf dem Rollstuhl, also da habe ich ja eigentlich nichts zu suchen, und der steht nun in einer Pfütze. Aber das sind alles kleine Pannen, die eh nicht beunruhigen können. Nach rund zwei Stunden ist es wieder Zeit, das morgendliche Ritual zum nachmittäglichen zu machen.

Bis zum Abend ist Zeit für die Zubereitung eines eingedickten Getränks, z.B. Kaffee mit Milch für die Kaffeezeit, später wird Zeit für einen Spaziergang nach draußen sein und auch für die Übungen mit der Broschüre, die uns die freundliche Sprachtherapeutin aus der Wolletzer Klinik mitgegeben hatte.

Für Ihre Gedanken

Nele Glöer

Deine Tränen

Manchmal reichen meine Arme nicht
um deine Tränen zu sammeln darin.
Dann wandle ich mich
in ein leuchtendes Blatt sanft tanzend vor dir
und jede deiner Tränen
darf bedecken all mein Grün.
So schwer legt es sich
auf die Erde sicher,
geborgen bis der Wind uns hebt
und deine Tränen getrocknet sind.

Für Ihre Gedanken

Dagmar Wicher

Mama, ich kann das auch schon

Ich wollte mit unserer 8jährigen Tochter Sabrina und unserem 12jährigen, mehrfach schwerstbehinderten Sohn Sebastian in die Stadt zum Bummeln fahren. Ich hatte noch einiges zu tun, der Bus fuhr erst in einer Stunde, und ich sagte Sabrina: »Ich mach noch schnell die Küche fertig, dann muss ich Sebastian wickeln und anziehen, und dann können wir zum Bus gehen.«

Gesagt, getan. Als ich in Sebastians Zimmer komme, hat Sabrina ihn schon gewickelt und ist gerade dabei, ihm den Pullover anzuziehen. »Siehst du Mama, wenn ich dir helfe sind wir schneller fertig.«

Er hatte zwar rote Schuhe an, aber wir sind schnell in die Stadt gefahren und Sabrina bekam einen großen Eisbecher weil sie Mama so geholfen hat.

Für Ihre Gedanken

Marion Reinartz

Tagebuch einer Demenz

oder: Im Menschen lebt eine Sehnsucht ...

14 Oktober 2010 / Rescue 2

Muttern zupft an meiner Decke. Es ist weit nach Mitternacht ... ich will nach Hause sagt sie ... ich antworte: Schlaf noch ein bisschen, Mama, es ist noch dunkel. Du bist doch zu Hause. Schau mal raus ... es ist dunkel. Sie legt sich wieder ins Bett und ich versuche, weiterzuschlafen ... das geht so eine Weile, bis ich nicht mehr einschlafen kann.

Ich nehme die Fernbedienung und schaue, was die Nachrichten sagen. Breaking News meldet: Rescue 2.

Zwei sind gerettet, freue ich mich. Ich atme auf, habe wie alle Welt, den Atem angehalten.

Ein Politiker spricht von einem modernen Wunder. Ich finde, wenn sie geschehen, sind sie immer modern …

Ich denke an die übrigen Kumpels und hoffe mit ihnen: Glück auf, Kumpel! Glück auf!!

Es dauert nicht lange, da ist Muttern wieder da.

Morgen ist Termin zur Blutabnahme bei ihrem Arzt. Ob sie deshalb so unruhig ist?

Sie soll nüchtern hingehen … ich schaue in die Küche, weil dort das Licht brennt und entdecke, dass Muttern die Feigen, Datteln und Bananen ›angeknabbert‹ hat. Sie hat sie nur angeknabbert, denke ich. Das wird sich morgen früh dann hoffentlich nicht so drastisch auf ihre Zuckerwerte niederschlagen.

Sie geht wieder ins Bett, kommt erneut zu mir, schaut auf den Bildschirm und fragt: »Was ist das denn?«

»Das sind Kumpel, Mama, die gerettet wurden aus einem Schacht in Chile, aus über sechshundert Meter Tiefe … mit einem Speziallift.«

»Weißt du noch, Mama? Papa war auch ein Kumpel und hat unter Tage die Kohle hochgefördert. Damals in der Grubenwehr hat er gemeinsam mit Kollegen ein paar Kumpel gerettet, deren Rettung wegen ›schlagender Wetter‹ besonnen vorgenommen werden musste. Es hätte bei Unachtsamkeit jeden das Leben kosten können.

Die Kumpel saßen alle in einem engen Flöz und hatten kaum Bewegungsfreiheit.

Der Flöz war zum Teil heruntergekommen, musste mit Streben gestützt werden und hatte alle eingeschlossen. Nach zwei Tagen kam er erst wieder nach Hause von ›Unter Tage‹.

Wir waren froh, dass wir ihn wieder hatten und drückten ihn lange. Wir jubelten nicht, wir freuten uns leise, weil wir wussten, dass so etwas immer wieder hätte passieren können. Es sprach sich unter den Familien in der Bergmanns-Siedlung herum. Es wurde ruhig auf dem Hof und in den Häusern. Jeden von ihnen hätte so ein Schicksal treffen können.«

»Das weiß ich doch nicht«, sagt meine Mutter zu den alten Erinnerungen, die fast fünfzig Jahre zurückliegen.

Kann sie sich daran wirklich nicht mehr erinnern?

»Ich war noch Kind«, sage ich, »als Papa pechschwarz vom Kohlestaub im Gesicht, das Weiß seiner Augen lugte daraus hervor, ungewaschen nach Hause kam. Ich hatte Mühe, ihn wiederzuerkennen. So hatte ich ihn noch nie gesehen und ich fragte mich, ob das wirklich mein Vater war. Ich schaute ihn staunend an, hatte wirklich keine Vorstellung von da unten. Wir wollten immer mal mit, aber das war nicht machbar.«

Er war fertig nach dieser Aktion. Ein sonst so starker Mann, und später fragte ich mich, warum alle Kumpels bei dem Dreck da unten immer frisch gewaschene weiße Arbeitsanzüge mitnahmen. Sie wurden doch immer wieder schwarz. Da ging der Dreck doch so schlecht raus.

Dass sie sich da unten besser erkennen konnten, kam mir nicht in den Sinn. Die kleine batteriebetriebene Lichtlampe an ihren Helmen gab nicht viel Helligkeit her. So ein düsteres Leben, dachte ich mir.

Die Kumpel hatten alle keine Lust mehr, sich nach der dramatischen Rettungsaktion in die Waschkaue zu begeben. Sie kamen mit ihren

Arbeitsanzügen, so, wie sie aus der Grube kamen, so schnell wie möglich nach Hause zu ihren Familien.

Mutter schaut nur, versucht sich zu erinnern und kann in den Kumpeln und Rettern und auf dem Bildschirm mit ihren roten Anzügen und ihren modernen Helmen auf dem Kopf keinen Kumpel erkennen.
»Sie kommen aus einer Kupfermine, da ist es nicht so kohleverstaubt«, erkläre ich.

»Schau mal, Mama, mit der Rettungskatze wird wieder ein Bergmann nach oben geliftet. Alle Bergleute haben über zwei Monate unter Tage ausgeharrt, auf ihre Rettung gehofft. Sie werden mit der Bombe nach oben gezogen. Wie damals bei dem Wunder von Lengede, das ich als Elfjährige auf dem Bildschirm miterlebte, wir alle nach der Rettung der Bergleute aufatmeten. Papa ganz besonders gebannt auf den Schwarz-Weiß-Fernseher schaute, endlich aufatmen konnte nach ihrer Rettung. Man sprach von einem Wunder. Das Wunder von Lengede ...«

»Mit der Bombe?«, fragt Muttern nur.

»Ja, mit einem Aufzug«, sage ich.

Ihren Glauben und ihre Hoffnung haben sie nicht aufgegeben, die 33 Kumpels. Jetzt werden sie hoffentlich bald alle wieder das Tageslicht sehen können. 33 Bergleute waren unter Tage eingeschlossen ›Glückauf‹, sage ich auf den Bildschirm gebannt, für alle von Herzen ›Glückauf!‹ Heute schaue ich genauso aufmerksam auf die Mattscheibe, wie damals mein Vater vor fünfzig Jahren.

Hoffnung ist Hoffnung, Rettung ist Rettung und ein Wunder bleibt immer ein Wunder. Es wird nie altmodisch oder unmodern.

Mein Glaube an Wunder bleibt bestehen. Mutter schaut, als sich die Angehörigen mit den Geretteten in den Armen liegen, ihre Freude ist so groß, dass ihre Augen leuchten.

»Guck mal der Kleine«, sagt sie.

Ein kleiner Junge weint, als er seinen geretteten Vater sieht. Sie liegen sich in den Armen und halten sich lange fest. Das gefällt meiner Mutter, und ich weine auch.

In mir werden Bilder wach, als mein Vater damals zum erneuten Rettungsmanöver, es war Silvester, von der Grubenwehr der Zeche Lothringen gerufen wird. Er hat Rettungsdienst. Wieder kommt er spät nach Hause. Diesmal ist er fix und fertig. Zwei konnten gerettet werden. Ein Dritter noch nicht, das dauerte. Der Kumpel schrie in purer Verzweiflung, als er seine Kollegen von der Grubenwehr sah: »Ihr Schweine, ihr Schweine, holt mich hier raus«, was äußerst schwierig wurde. Aber er konnte gerettet werden. Einem vierten Kumpel wurde von einem mächtigen Brocken Eisenerz des frei-gehauenen Flözes der Kopf abgehauen, erzählte mein Vater. Für ihn kam jede Hilfe zu spät.

Wir Kinder erschauderten, als wir davon hörten. Mich hat das Bild dieser Vorstellung lange verfolgt.

Aber irgendwann hatten auch wir Kinder diesen Vorfall vergessen oder verdrängt. Unser Leben fand auf dem großen ersten Abenteuer-Spielplatz vor der Haustüre statt. Der musste erkundet werden. Zuvor spielten wir manchmal in der Nähe von Kohlehalden, was ausdrücklich verboten war. Doch den Jungen gelang es, ein Loch in den Zaun zu reißen und so rannten wir Mädchen ihnen hinterher, schließlich wollten sie alle mal Bergmann oder Steiger werden. Wie ihre Väter und Vorväter auch, die schon seit Generationen auf den ›Pütt‹ gegangen sind, um den Lebensunterhalt für ihre Familien zu verdienen.

Nach der Flucht gab es für meinen Vater nicht viele Verdienstmöglichkeiten und so nahm er diesen Job unter Tage an, bildete sich auch dort weiter, so dass er später Anspruch auf eine Dreizimmerneubauwohnung hatte. Mit Bad und Gästetoilette. Nie wieder Plumpsklo im Hof. Was für ein Luxus!

Eines Tages kam ein Krankenwagen, der meinen Vater wieder mit kohleschwarzem Gesicht nach Hause brachte.
    Er selbst wurde Opfer eines Flözes, den es abzustemmen galt. Mein Vater hatte sich die Kuppe seines Daumens und einen halben Mittelfinger seiner linken Hand abgeschlagen.

Ich hörte ihn zum ersten Male wimmern in meinem Leben. Wir hatten Mitleid mit ihm. Er wollte nur noch seine Ruhe. Ich hatte das erste

Mal in meinem Leben Angst um meinen Vater. Das erzähle ich meiner Mutter, denke, vielleicht erinnert sie sich doch noch bruchstückhaft. Aber da rührt sich nichts in ihr, sie weiß es nicht mehr. Schaut interessiert auf den Bildschirm, der die ganze Nacht das Geschehen dokumentiert.

Vielleicht später, sage ich mir, wenn glücklicherweise wieder mal ein Zeitfenster in ihr aufgeht und wir glücklich darüber sein werden.

Mein Vater blieb damals nur zwei Tage zu Hause und ging mit den verbundenen Fingern wieder zur Maloche, um seine Familie satt zu bekommen. Damals gab es noch kein Krankengeld, von Kindergeld ganz zu schweigen. Er nahm die Schmerzen in Kauf.

Jeder weitere Tag zu Hause bedeutete, am Monatsende weniger Lohn in der kleinen Tüte aus braunem Packpapier, die man so praktisch in die Brusttasche des Jacketts stecken konnte. Damals habe ich nicht verstanden, warum er wieder so früh zur Arbeit ging, seine Schichten pünktlich angetreten hatte. Denn es ging ihm doch schlecht.

Den geretteten Kumpel in Chile geht es heute auch nicht besser. Für eine Knochenarbeit unter Tage im Stollen verdienen sie umgerechnet nur vierhundert Euro im Monat und das unter enormen Sicherheitsmängeln, während die Minenbetreiber auf Kosten der Minenarbeiter millionenschwere Reichtümer anhäufen können.

Ob die Arbeiter in Zukunft weiter ihren Job dort unten machen wollen? Vielleicht bleiben Traumata zurück.

Muttern stand jede Nacht mit ihrem Mann auf, wenn wieder Nachtschicht war. Sie machte ihm die Brote, brühte frischen Kaffee auf, goss ihn in seine Püttflasche und blieb wach mit ihm in der Zeit, die noch blieb, bis er los musste. Er hörte noch die Nachrichten aus einem alten Vorkriegsvolksempfänger.

Sehr viel später erst konnte er sich ein neues Gerät leisten. Seine total vom Kohlenruß verstaubten Arbeitsklamotten wusch Muttern stets so sauber, dass er eher wie ein Bäckergeselle darin aussah. Mit der Hand, weil es damals noch keine elektrischen Waschmaschinen gab.

Sie rubbelte auf ihrem Rubbelbrett so lange, bis sie Blasen an den Händen hatte, aber Vater wieder sauber in den Pütt einfahren konnte.

Susi, unsere kleine Katze, begleitete ihn stets zur Arbeit und holte ihn dort auch immer wieder pünktlich am Zechentor ab. Sie merkte sich instinktiv seine Arbeitszeiten.

»Horst, da steht deine Freundin wieder«, riefen nach Feierabend die Kumpel. Sie hatten das Tageslicht wieder und sie lachten. Als Susi Vater sah, ging sie schwanzwedelnd mit ihm und sprang auf dem Marktplatz von Baum zu Baum, bis sie in ihre Straße kamen. Dort öffnete Vater seine Haustür und war endlich daheim. Mein Vater rettete auch die kleine Susi damals zu unserer Freude, und seitdem wich sie nicht mehr von seiner Seite, bis der Fischhändler aus Holland sie an einem Markttag verschwinden ließ, wie er es angedroht hatte.

Susi naschte jeden Freitag aus seinen Matjeskisten. Sie in einem Sack zu ersäufen, war sein Vorhaben. An einem Freitag kam sie nicht mehr nach Hause.

Wir haben noch oft an Susi denken müssen, und mein Vater war wohl am traurigsten von allen. Den großen wohlgenährten, pausbackigen, holländischen Fischverkäufer, habe ich gemieden wie die Pest. Er trug große Holzschuhe hinter seinem Fischstand und manchmal kaufte Muttern dort immer noch ihren Fisch. Am liebsten Schillerlocken. Zur Strafe klaute ich ihm die leeren Fischkisten und schenkte sie meiner Mutter, die freitags immer Brennholz daraus machte.

Heute rettete eine ›Katze‹ 33 Kumpeln in Chile das Leben. Auch dieser Rettungskatze sei Dank und ihren Schöpfern. Ich glaube, sie werde ich nie vergessen. So, wie ich die Rettung der Kumpel aus Lengede damals nicht vergessen konnte. Da war ich gerade mal Elf.

Das Leben der Kumpel lag mir immer am Herzen und es interessiert mich noch heute. Mein Vater war ja schließlich auch einer und das in jeder Hinsicht.

Tollten wir Kinder zu laut im Treppenhaus, rutschten rücklings wieder zu laut über das glatt polierte Treppengeländer, wo wir nach unserer Fahrt unten schon einmal in Frau Pees

Putzeimer landeten, und schaute ein Frauenkopf oder der von Ulla Kaminski aus dem Spalt einer der vielen Türen auf der Etage, der immer rief: »Ruhe im Bau, Papa hat Nachtschicht«, dann waren wir sofort ruhig und verschwanden nach draußen auf den Hof. Wenn Nachtschicht war, dann waren wir immer eine Familie im Haus.

Die Nachtschicht war ein Gesetz für uns Kinder, das wir sehr früh schon befolgten. Es gab viele unausgesprochene Gesetze für Menschen aus dem ›Kohlenpott‹, die uns früh in Fleisch und Blut übergegangen sind.

Als die erste Million Kumpel in den Sechzigern arbeitslos wurden, da hatten sie mein größtes Mitgefühl. Mein Vater war auch betroffen, orientierte sich aber im Rheinland neu, um seinen vier Kindern eine neue Heimat zu bieten. Und das ging nur mit Arbeit. Er war noch jung, und einer aus der ersten Million Arbeitslosen 1964. So oft schon musste er neu beginnen. Seine Flucht von Schlesien nach Sachsen vor den Polen.

Von Sachsen, wo er meine Mutter kennenlernte, flüchtete er vor den Russen mit ihr in den Westen, ins Ruhrgebiet. Vom Kohlenpott, als einer von Millionen Arbeitslosen ins Rheinland, weil keine Kohle mehr befördert werden sollte, denn das Öl floss. Und da es den Deutschen mit dem Reichtum nicht schnell genug ging, holten sie sich ›Gastarbeiter‹ ins Land. Ich erinnere mich, in Köln am Bahnhof fuhr mit dem Zug der eine Millionste Gastarbeiter am Hauptbahnhof ein, und die Kölner Honoratioren standen mit einem Blumenkranz geschmückten Motorroller für ihn bereit.

Wenn heute jemand aus dem Ausland am Bahnhof einfährt und für immer bleiben will, weil er durch Kriegsgeschehnisse in seiner Heimat verfolgt wird, kann er mit Abschiebung rechnen. Dabei haben die vielen ›Gastarbeiter‹ am Wohlstand der Deutschen nicht unerheblichen Anteil.

Im Rheinland, wo wir neu Fuß gefasst hatten, verstarb mein Vater dann viel zu früh an Lungenkrebs. Das Rauchen, sagte ich. Oder doch die Staublunge, fragten wir uns?

Ich weiß, dass du dich heute über diese dramatische Rettung freuen wirst, Papa. Ich denke in Liebe und Dankbarkeit an dich zurück. Sicher wird es auch deine kleine Elli tun. Ihr Herz vergisst nicht, es ruft nachts manchmal Horst, Horst.

Rescued: 33 !!!

Alle 33 Bergleute wurden gerettet. Ein Wunder in der Geschichte des Bergbaus. DANKE allen Rettern.

Was für ein GLÜCKAUF!

Für Ihre Gedanken

Rainer Pick

In einer Nacht

Es ist kalt geblieben, da draußen. Doch der Schnee ist schon wieder weggetaut und nur etwas Reif hat den grünen Hof weiß gemacht.

In der Nacht ist davon nicht zu viel zu sehen und die Wolken da oben verdecken den Blick auf die Sterne, die ich in mancher Nacht gerne beobachte. Sie sind wie ein Gruß an alle Freunde, die irgendwo auf dieser Erde wohnen und genau wie ich diese Sterne sehen können, vielleicht ein Gruß für mich. Nur eben kann ich sie nicht sehen.

Im TV läuft irgendetwas Blutiges, Hässliches. wer mag so etwas im Advent?

Ich schreibe gerade weiter an der ›Komawache‹. Das war vor mehr als 13 Jahren ein Büchlein, das Karin und ich gemeinsam schrieben. Nach ihrem ersten Schlaganfall haben wir auf diese Weise alles an Erfahrungen und Wissen, über das sie verfügte, wieder in die Reihenfolge gebracht, die der Wahrheit entsprach.

Heute sitze ich neben ihrem Rollstuhl, sie schaut in die Flimmerkiste oder isst mit der linken Hand etwas Püriertes, was ich für sie gebraten oder gekocht habe. Püriert muss es sein, weil sie noch immer nicht richtig schluckt, das Gehirn kann der Zunge noch immer nicht die richtige Reihenfolge und Richtung der Bewegung befehlen.

Meistens lächelt sie, wenn sie mich ansieht und ich freue mich, obwohl ich gar nicht genau weiß, ob sie mich meint oder auch nur so lächelt. Ihr Blick verlässt mich manches Mal und ich bekomme ein Angstgefühl, dass sie mir entgleitet. Dass ihr Geist nach irgendwohin verweht und nicht mehr zu mir zurückkehrt. An meinem Gesicht vorbei, geht ihr Blick auf irgendetwas gerichtet, in eine Ferne, hinter der Wand unseres Zimmers, hinter der Mauer des Hauses, hinter der Straße, der Stadt, der Welt?

Ihre rechte Hand, den rechten Arm hält sie meistens angewinkelt, vor der Brust oder dem Bauch. Oft scheint der Arm völlig normal reagieren zu wollen und zuckt in die Richtung, in der etwas geschehen soll, was vor ihrer erneuten Erkrankung wie selbstverständlich ablief.

Heute endet die Bewegung mitten im vorhersehbaren Ablauf, wie hoffnungslos verharrend.
   Ob es noch einmal so wird, wie es war, wie es sein müsste?

Die Ärzte und Mediziner, die es vielleicht wissen müssten, sagen, dass die Zeit Wunder vollbringen kann. Ich wollte, ich könnte es schon heute hier schreiben, davon berichten, aber …
   Nicht immer läuft alles so glatt und zielgerichtet ab, wie es mit dem Aufschreiben geht.

An einem Morgen bin ich gerade bei der Prozedur des Waschens und dabei geschieht es, gerade haben wir noch miteinander gescherzt und sie hat so bezaubernd gelacht, da will ich nur noch schnell einmal die Achsel unter ihrem rechten Arm waschen und hebe den Arm an. Was habe ich getan? Entsetzt schaue ich in ihr schmerzvoll verzogenes Gesicht und sehe auch schon eine erste Träne rollen. Ich wollt, ich

könnte die Zeit zurückdrehen! Genauso schnell, wie dieses unbedachte Anheben ihres Armes.
Es muss ihr sehr weh getan haben, denn die Tränen sind nicht zu bremsen und ich könnte mit Heulen! Lange Zeit habe ich sie gestreichelt, ihre Wangen und die Stirn, ihre rechte Schulter. Als ich ihren linken Arm auf ihre rechte Schulter lege, scheint die schmerzhafte Erinnerung langsam zu vergehen, denn der Tränenstrom verrinnt. Ein Lächeln allerdings bekomme ich an diesem Morgen nicht mehr zu sehen.

Doch der Tag bringt mir auch wieder ein, ihr freundliches Lächeln. Habe ich schon erwähnt, das man alles pürieren kann? Weintrauben und Banane bringt auch auf Karins Lippen wieder dieses freundliche Lachen zurück.

Oder dieses Eis, mit dem ich eigentlich ihre Zunge herauslocken wollte. Das hat aber noch nicht geklappt, doch geschmeckt hat dieses Eis mit Himbeersoße. Es hat ihr geschmeckt!

Am Abend überlegte ich kurz, ob ich nicht wieder in der Klinik anrufe. Die Schwestern hatten es mir erklärt, sie würden sonst unter

Entzugserscheinungen leiden, denn sie waren so daran gewöhnt.

Für Ihre Gedanken

Monika Hald-Greiner

Gebet zum Schutzengel

Engel,
Du von Gottes Macht
schütze ... bei Tag, bei Nacht.

Führe ihn das ganze Leben,
lehr ihn lieben und vergeben.

Halt ihn fest in deiner Hand,
knüpf mit ihm ein innig Band.

Bei Angst, Gefahr, in höchster Not,
bleib bei ihm, du Himmelsbot.

Mach ihm Herz und Seele weit,
sei ihm Lotse durch die Zeit.

Einen Engel wünsch ich dir

Ich wünsch dir einen Engel,
der dein Herz berührt

Ich wünsch dir einen Engel,
der deinen Kummer spürt

Ich wünsch dir einen Engel,
der die Angst mit dir teilt

Ich wünsch dir einen Engel,
der Kränkungen heilt.

Ich wünsch dir einen Engel,
der dich Barmherzigkeit lehrt

Ich wünsch dir einen Engel,
der deinen Glauben vermehrt

Ich wünsch dir einen Engel,
der dir Liebe schenkt

Ich wünsch dir einen Engel,
der deine Schritte lenkt

Ich wünsch dir einen Engel,
der für dich Gnade erfleht.

Ich wünsch dir einen Engel,
der immer zu dir steht.

Für Ihre Gedanken

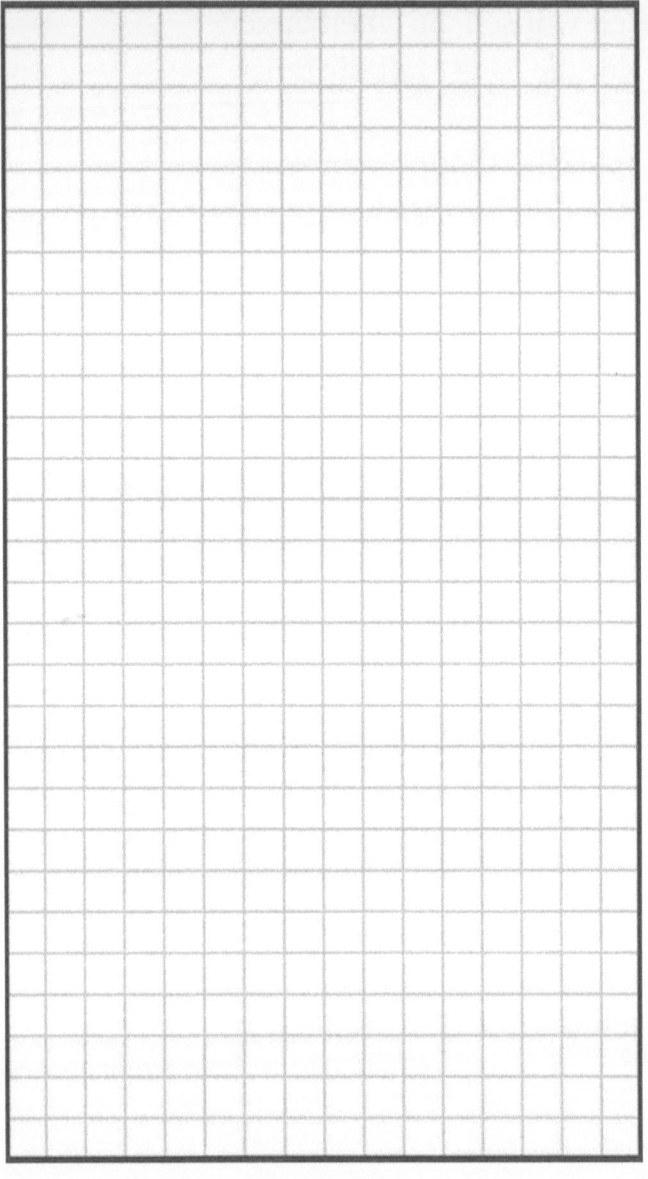

Für Ihre Gedanken

Kornelia Schmid

„Ich kann nicht mehr" oder „Am Ende"

(Gedanken einer pflegenden Angehörigen in Krisensituation)

Wenn die Seele weint und der Körper laut schreit und der Kranke ist nicht mehr bereit zu sehn, zu hörn und zu spürn, - wie der Pflegende fühlt - wenn die Kleinigkeit riesige Wellen aufwühlt.

Wenn das Leid des Kranken zum Leid des Pflegenden wird, -- und mehr:
Zum Trauma, zum Schock, zum - „Nur-noch-leer"

Wenn dein „Ich" sich beim Pflegen verliert.
Und wenn mal Zeit, dann dein Geist sich verirrt und sucht, was mal war und nichts ist mehr klar.

Wenn die Angst deine Zukunft auffrisst.
Und die Hoffnung verloren ist.

Der Ausweg versperrt.
Ein Weg nicht in Sicht.
Dein „Ganzes" sich wehrt.
Nur noch Angst aus dir spricht.
Wenn ein „Ich muss" nicht mehr „will, kann oder ich werde" sein darf, und die Worte des Kranken klingen nur noch scharf.

Wenn ein „Ich kann nicht"
oder „Kann nicht mehr" nicht mehr gilt,
und der Hunger nach Ruhe wird nicht mehr gestillt.

Wenn die Grenzen schon längst überschritten sind, und du fühlst dich so oft wie ein winziges Kind:
Hilflos und klein,
das darf doch nicht sein!

Wenn die Kraft nichts mehr her gibt,
obwohl man es will
und die Liebe wird still,
der Humor sich versteckt,
man nur noch aneckt.

Dann ist höchste Zeit
und schreit!
Gebt dem Leid ein Gesicht,
nehmt ihm weg sein Gewicht.

Holt Hilfe, wo's nur geht -
bevor es ist zu spät.

Für Ihre Gedanken

Wiebke Worm

Wenn Elfen tanzen

Die Musik ist so zart,
wie von winzigen Geigen.
Fünf kleine Elfen
wiegen sich im Reigen.
Immer wilder wird ihr Tanz,
es entsteht ein Lichterkranz.

Er strahlt und er funkelt,
wird hell und heller.
Die Musik, der ich lausche,
wird schnell und schneller.

Ein Lachen, ein Seufzen,
die Lichter verblassen.
Ich kann dieses Schauspiel
noch gar nicht fassen.

Es war eine Freude,
dem zuzusehen.
Doch jetzt ist es dunkel,
so muss ich gehen.

Für Ihre Gedanken

Rainer Pick

Medbox 1

Vielleicht ist dieses Plastkästchen zehn Zentimeter hoch und genau so breit. Rund vier Zentimeter ist es tief. Sieben kleine Kästen beherbergt diese Box. Für jeden Wochentag eines. Für den Morgen, die Mittagszeit und Abend sowie für die Nacht.

Da kommen die Pillen hinein. Am Ende des Tages schiebe ich ein leeres Kästchen unter die anderen sechs. In das quietschende Einschieben mischt sich ein kleines Resümee des Tages, der sich nun seinem Ende zu neigt.

Am Morgen erwache ich, weil an mein Ohr ein ungewöhnliches Geräusch dringt. Mobby ist schon aus unserem Bett gesprungen und drängt danach, auf den Hof hinaus gelassen zu werden. Schließlich scheint die Sonne hell und deutlich und die nächtliche Macht der Katzen da draußen ist seit Tagesanbruch beendet.

Doch er macht nicht dieses ungewöhnliche Geräusch.

Es ist Karin in ihrem Pflegebett.

Wie aufgeregt fahren ihre Arme über die Bettdecke, ihre Beine bewegen sich auf und ab und sie weint. Dicke Tränen kullern ihre Wangen herab, die Mundwinkel weisen nach unten und ihrem halb geöffneten Mund verlassen, deutliche, greinende Töne. Erschrocken springe ich aus meinem Bett und beuge mich ihr zu. Viel zu tief haben sich die Geschehnisse von vor mehr als zwei Jahren in meine Erinnerungen eingegraben.

Obwohl damals tiefe Stille herrschte, nur ein leises Röcheln ließ sie von sich hören. Kein Wort ließ sie seither von sich hören. Die Geräusche vom heutigen Morgen hingegen waren laut und deutlich, aber ebenso ungewöhnlich. Eigentlich sind die Morgen nach ihrem erneuten Schlaganfall durchaus positiv besetzt. Sie ist ausgeruht und bereit, mir ein Lächeln zu zeigen, was mir Kraft für den ganzen Tag gibt. Diese Kraftquelle fällt heute aus. Ängste bestürmen mich, wegen der Ungewissheit über ihr Weinen, denn auch ihre Hände zeigen mir nicht, ob und wo ihr etwas schmerzt oder was sonst Grund für ihr Weinen ist. Ein quasi epileptischer Anfall ist es auch nicht. Dagegen nimmt sie seit dem letzten Mal Medikamente.

Ihr Gesichtsausdruck, starre Augen und starre Körpermuskeln über Minuten hinweg und ihre Vorahnung, dass ein solcher Anfall unweigerlich beginnen wird, was ich in ihrem Gesicht lesen konnte, hatten sich ebenso tief in mein Gedächtnis eingegraben. Aber dieses Weinen hat keine erkennbare Ursache. Die nonverbale Kommunikation versagt in diesem Fall, die Gesichtsmuskeln werden für das aktuelle Geschehen, dem Weinen, gebraucht, was ihre Gedanken anbetrifft, tappe ich in solchen Fällen im Dunkeln. Ängstlich hasten meine Gedanken von Vermutung zu Vermutung, abgelöst vom Verdrängen schrecklicher Möglichkeiten. Fahrig suchen meine Hände, streicheln ihr Gesicht, drücken auf der Bauchdecke vorsichtig und punktuell, immer ihr Gesicht beobachtend, wann verzieht sie ihr Gesicht vom Schmerz?

Wie nebenbei schalte ich den Computer ein, wie jeden Morgen für den Wetterbericht vom Morgenmagazin. Der PC fährt hoch und ich flitze ins Bad, ein Arm Wasser ins Gesicht, die Blase im Stehen entleerend, mit den Ohren längst wieder im Schlafzimmer, in dem sich Karin langsam wieder beruhigt, aber noch glänzt die Bahn ihrer Tränen auf ihren Wangen. Hände schnell noch einmal ins Wasser, dann wieder zu ihr zurück.

Aus den Lautsprechern tönt die Stimme des Moderators, der gerade irgendjemanden vorstellt. Bestimmt wieder so ein langweiliges Interview, blah, blah, da höre ich einen Namen, der scheint mir kurios, nur halb verstanden. Da ich mit Karin rede, auch seitdem sie mir nicht mehr antworten kann, frage ich sie laut nach dem wohl falsch verstandenen Namen:

»Senfgurke, der heißt Senfgurke?«

Da geschieht das, was mein Herz wieder leicht macht. Sie lacht kehlig gurgelnd, laut und froh. Der Tag ist gerettet.

Für Ihre Gedanken

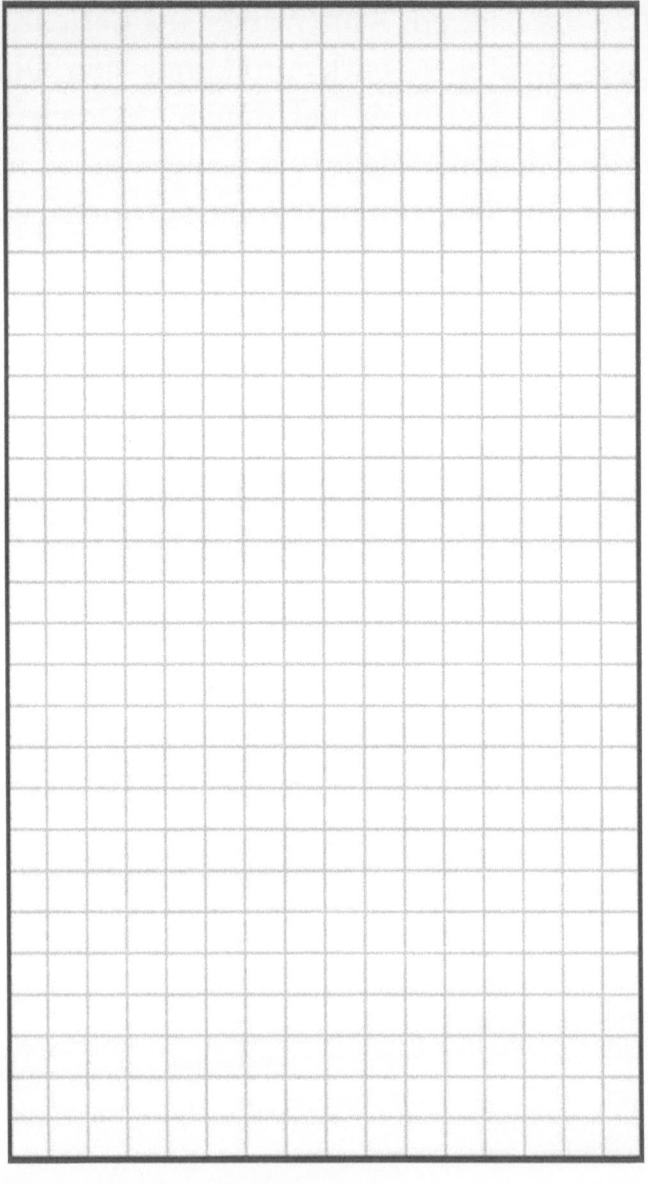

Für Ihre Gedanken

Monika Hald-Greiner

Das kleine Tannenbäumchen

Ich bin ein kleines Tannenbäumchen
und seufze leise vor mich hin,
weil ich in unserem Walde hier,
das allerkleinste bin.

»Hör zu, du kleines Tannenkind«,
säuselt tröstend der Abendwind:
»Ob du groß bist oder klein:
Ein Lichterbäumchen sollst du sein!

Du wirst hell erleuchtet in einer Stube stehen
und in glückliche Kinderaugen sehen.
Alles im Leben hat seine Zeit,
hab nur Geduld, bald ist es so weit!«

»Wie kann der Abendwind so etwas sagen?
Die größeren Bäume wurden schon weggetragen!
Bestimmt ist alles nur ein Traum!
Wen interessiert der kleinste Baum?«

Vom Himmel funkelt hell ein Stern:
»Auch deine Stunde ist nicht fern!«
Zu gern würde ich den Worten trauen
und hoffnungsfroh in die Zukunft schauen.

»Warum sollt' Wunderbares mir geschehen?
Bestimmt bleib ich hier einsam stehen!«
Vor Kummer möchte ich die Nadeln raufen,
als ein kleines Mädchen kommt gelaufen.

Auch dieses wird mich nicht beachten,
doch es beginnt, mich zu betrachten.
Dann flüstert es mir zärtlich zu:
»Mein Weihnachtsbäumchen bist nur du!«

Dies große Glück kann ich kaum fassen:
»Dann bin ich ja nicht mehr verlassen!«
Die ganze Welt möcht' ich umarmen:
»Wer hat mit mir ein solch Erbarmen?«

»Zum Leuchten bin ich auserkoren.
Das Jesuskind ist ja geboren!«

Nun wird es also wirklich wahr:
»Ein Christbäumchen werde ich in diesem Jahr!«

Es klingt für mich wie ein Gedicht:
»Ich bring den Menschen das Weihnachtslicht!«

Für Ihre Gedanken

Wiebke Worm

Worte zum Abschied

Im Angedenken an diejenigen, die uns verlassen haben, die aber in unseren Herzen weiter leben.

Für Ihre Gedanken

Danksagung

Mein Dank gilt den Mitwirkenden:
Brigitte B., Brigitte H-H., Dagmar, Hanni, Inge, Kornelia, Lydia, Marion, Michaela, Monika R., Monika H.-G., Nele, sowie Rainer und Uwe.

Danke, dass ihr euch ebenfalls getraut habt, einen Teil eurer Seele zu zeigen. Danke, dass ihr dieses Buch mit mir zusammen verwirklicht.

Selbst wenn wir nur einem Menschen etwas Hoffnung geben, ihm zeigen, wie viel Liebe und Kraft in uns steckt und wahrscheinlich auch in ihm/ihr, haben wir unser Ziel erreicht.

Vielen Dank an Bianca Karwatt, meine liebe Freundin, die sich angeboten hat, das Buch zu lektorieren, den Buchsatz zu übernehmen, und uns mit Rat und Tat zur Seite stand.

Danke auch an alle Leser(innen).

Wenn Sie oder jemand aus Ihrem Familien bzw, Freundeskreis gerade in einer ähnlichen Situation stecken, nicht genau wissen, wie es weitergehen soll/kann/muss, lassen Sie sich gesagt sein: Sie sind nicht allein!

Wir, die wir hier geschrieben, gezeichnet oder fotografiert haben, wissen, wie es Ihnen geht. Wir wissen auch, wie viel Kraft in Ihnen steckt, oder gesteckt hat, sofern Ihre Pflege inzwischen beendet ist. Es gibt Möglichkeiten, sich Hilfe zu holen, selbst wenn man nicht mehr von zu Hause wegkommt und insgesamt wenig Zeit für sich selbst hat.

Wir, die Mitwirkenden dieses Buches, haben uns zum Beispiel größten Teils über Facebook kennen und schätzen gelernt.

Alle Leser(innen), die sich einfach nur mal informieren möchten, erhalten hier einen tiefen Einblick in das, was uns berührt. Eines ist sicher. Jeder kann schneller in solch eine Situation kommen, als man sich vorstellt. So ist es jedem von uns ergangen. Wenn man aber nicht wegschaut, sondern sich schon vorher informiert, wird mit Sicherheit einiges etwas einfacher.

Was auch immer der Anlass war, warum Sie dieses Buch gekauft haben, wir sagen **Danke**, damit unterstützen Sie einen guten Zweck!

Eines noch zum Abschluss. Lassen Sie sich nicht vom Thema erschrecken, sondern von den Texten und Gedanken berühren.
Ihre

Wiebke Worm

Für Ihre Gedanken

Bianca Karwatt

Nachwort

Wiebke Worm, eine sehr liebe Freundin, erzählte mir von dem Projekt ›Wir bauen eine Brücke‹ und die Idee gefiel mir außerordentlich gut. Meine Neugierde wurde wieder geweckt und ich bot Wiebke an, ihr beim Korrigieren und Buchsatz zu helfen.

Jetzt ist das Buch »Wir bauen eine Brücke« so gut wie fertig, und Wiebke hat mich gebeten, das Nachwort zu schreiben. Ein Nachwort aus meiner Sicht, die auch meinen Hauptberuf als Pflegehelferin mit ins Spiel brachte.

Ich wusste nicht, was mich erwartete, wodurch meine Neugier noch erheblich gesteigert wurde.

Bereits nach der ersten Geschichte versank ich in meinen Gedanken. Bisher dachte ich immer, dass ich schon sehr viel Mitgefühl für jeden Einzelnen aufbrachte und auch immer ein offenes Ohr für ihre Belange hatte. Durch die Geschichten wurde ich emotional in eine

Achterbahn der Gefühle gesteckt und Achterbahnfahren hasse ich für mein Leben. Immer mehr versuchte ich, mich in die Lage der Pflegebedürftigen und der Angehörigen zu versetzen. Als Pflegekraft war man nur ein kleiner Teil des Tages, aber als Angehöriger ist man rund um die Uhr in dieser Achterbahn. Man wusste nie, was als Nächstes passieren würde. Welche Reaktion durch den folgenden Handgriff ausgelöst werden könnte. Wenn ich als Pflegekraft die Wohnung betrat und einen Angehörigen traf, fragte ich natürlich, wie es demjenigen geht, aber bekomme ich immer eine ehrliche Antwort? Durch die Geschichten wurde mir klar, dass mir meistens eine selbstschützende Floskel genannt wurde, aber die ehrlichen Gefühle wurden mir nicht gezeigt. Wo blieb der Angehörige, wenn es um die kleinen, selbstverständlichen Dinge geht, wie zum Beispiel die eigene Körperhygiene? Viele haben früher ausgiebig geduscht oder gebadet, plötzlich ging das nicht mehr. Alles musste im Schnelldurchlauf gemacht werden, immer mit einem Ohr bei dem geliebten, hilfsbedürftigen

Menschen. Einen ruhigen und erholsamen Schlaf kennen viele nicht mehr.

Pflegende Angehörige saßen plötzlich in einem Karussell, das nicht stoppte. Das Buch veränderte meine Haltung den Angehörigen gegenüber. Ich gewöhnte mir an, den Angehörigen genau so viel Aufmerksamkeit zu schenken, wie der pflegebedürftigen Person, trotz der knapp bemessenen Zeit.

Wir sind alles nur Menschen, mit Gefühlen, die auch Beachtung geschenkt bekommen wollen. Kleinigkeiten, wie zum Beispiel eine herzliche Umarmung, können eine Menge Kraft schenken und Kraft brauchen nicht nur die Patienten, sondern gerade die pflegenden Angehörigen.

Auf einmal bekam ich ehrliche Antworten auf meine Fragen. Gehört es nicht auch zu meinen Aufgaben, sich intensiver mit den Gefühlen des Pflegebedürftigen zu beschäftigen? Wie fühlt sich die Seele in einem hilflosen Körper? Wie fühlt sich der Körper mit der hilflosen Seele? Zwei Punkte, die in dem Zeitplan einer Pflegekraft kaum die nötige Zeit finden, die aber so dringend beachtet werden müssen. Vertrauen schaffen, nenne ich es.

Eines war mir klar geworden. Nur wenn man mir vertraute, konnte es ein gutes Miteinander zwischen Pflegekraft und pflegendem Angehörigen geben und nur dann würde sich der Pflegebedürftige öffnen und mir seine wahren Gefühle erzählen können.

Welcher gesunde Mensch weiß schon, wie sich ein Pflegebedürftiger fühlt? Kaum einer, der es nicht selbst miterlebt hat. Wie viel Würde wird dem Pflegebedürftigen gelassen, wie viel den pflegenden Angehörigen?

Die Geschichten in diesem Buch hatten mich in meinem bisherigen Handeln bestätigt und gleichzeitig bestärkt, dem Menschen noch mehr Beachtung zu schenken. Noch mehr auf das Umfeld zu achten und auch Schwierigkeiten anzusprechen, die ganz offensichtlich vor mir lagen oder hinter Floskeln geheim gehalten wurden.

Für Ihre Gedanken

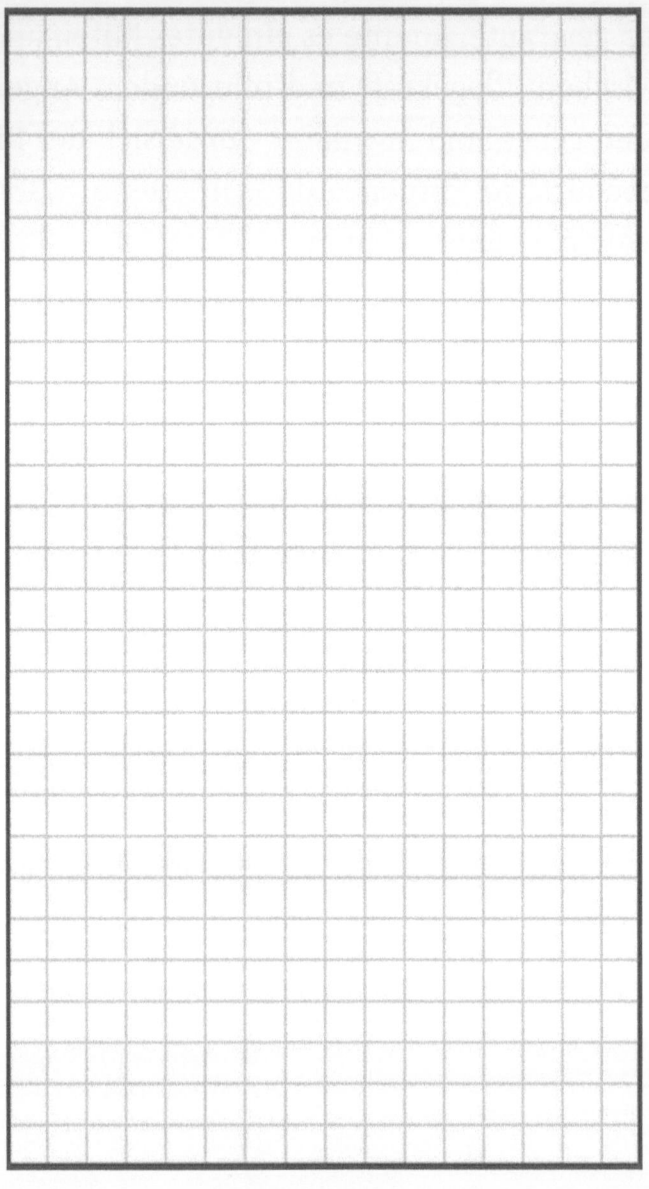

Für Ihre Gedanken

Das sind wir

Michaela Black-Cirillo
Geboren: 1975
Pflegende Angehörige seit 2005

Brigitte Bührlen
Geboren: 1950
Pflegende Angehörige bis 2008

Nele Glöer
Geboren: 1959
Pflegende Angehörige seit 2008

Brigitte Hald-Hübner
Geboren: 1948
Pflegende Angehörige seit 2001

Monika Hald-Greiner
Geboren: 1948

Marion Reinartz
Geboren: 1951
Pflegende Angehörige seit 1979

Lydia Losehand
Geboren: 1950
Pflegende Angehörige seit 1995

Rainer Pick
Geboren: 1951
Pflegender Angehöriger seit 1999

Inge Rosenberger
Geboren: 1959
Pflegende Angehörige seit 1983

Hanni Schertl
Geboren: 1955
Pflegende Angehörige seit 1988

Kornelia Schmid
Geboren: 1959
Pflegende Angehörige seit 1994

Dagmar Wicher
Geboren: 1956
Pflegende Angehörige seit 1983

Wiebke Worm
Geboren: 1964
Pflegende Angehörige seit 2007

Uwe Worm
Geboren: 1964

Bianca Karwatt
Geboren: 1974
Pflegehelferin seit 2010

Einige Worte zu Brigitte Bührlen und über die von ihr 2010 gegründete Stiftung:

Wir! Stiftung pflegender Angehöriger

Brigitte Bührlen setzt sich seit Jahren für die Belange pflegender Angehöriger ein. Sie ist eine starke Stimme für uns alle. Wie weit ihr Engagement und ihre Kompetenz inzwischen anerkannt ist, zeigt, dass sie am 25.09.2015 in den Expertenbeirat zur Vereinbarkeit von Pflege und Beruf des BMFSJ berufen wurde.

Die Stiftung wurde im Jahr 2010 von ihrem eigenen Geld gegründet, und ist unabhängig und politisch neutral. Wir möchten sie mit dem Erlös aus diesem Buch unterstützen, ihr etwas zurückgeben.

Nachfolgend ein Auszug aus der Satzung der Stiftung, der eigentlich alles aussagt:

›Ich gründe diese Stiftung, weil es mir ein großes Anliegen ist, dass pflegenden Angehörigen entsprechend ihrer wichtigen familiären, sozialen und gesellschafts-politischen Funktion Mitwirkungs-, Mitbestimmungs- sowie Kontrollmöglichkeiten und -rechte insbesondere auch über die Verwendung privater Gelder in der Pflege eingeräumt werden.

Sie müssen unabänderlich die Möglichkeit haben, dass ihre Leistungen, insbesondere die hohe, ganzheitliche Pflegekompetenz, Liebe und Fürsorge sowie der finanzielle Einsatz als wirtschaftlicher Beitrag für Familie und Gesellschaft anerkannt werden ...‹

›Die Stiftung will ein Forum bieten, mit dessen Hilfe pflegende Angehörige insbesondere in Entscheidungsgremien von Gesellschaft, Politik und in Gesetzgebungsverfahren gehört und eingebunden werden.‹

Mehr über die Stiftung findet man selbstverständlich auf ihrer Homepage:

http://www.wir-stiftung.org/forum/neuigkeiten

Informative Seiten von und über uns

Brigitte Bührlen:

Vereinsseite, zusätzlich zur Stiftung gegründet, um für die Belange pflegender Angehöriger zu kämpfen:
http://www.wir-pflegende-angehoerige.de/forum/vereinigung/seite/situation

Kornelia Schmid:

Offene FB-Gruppe für pflegende Angehörige
https://www.facebook.com/groups/167270753432104/

Wiebke Worm:

Informative Seite inkl. Aktion Herzensangelegenheit:
https://www.facebook.com/pages/Wir-pflegen-unsere-Lieben/615876935215439

Homepage: www.wiebke-worm-art.de

Zum Abschluss noch ein Glücksbringer

Für Ihre Gedanken

Für Ihre Gedanken

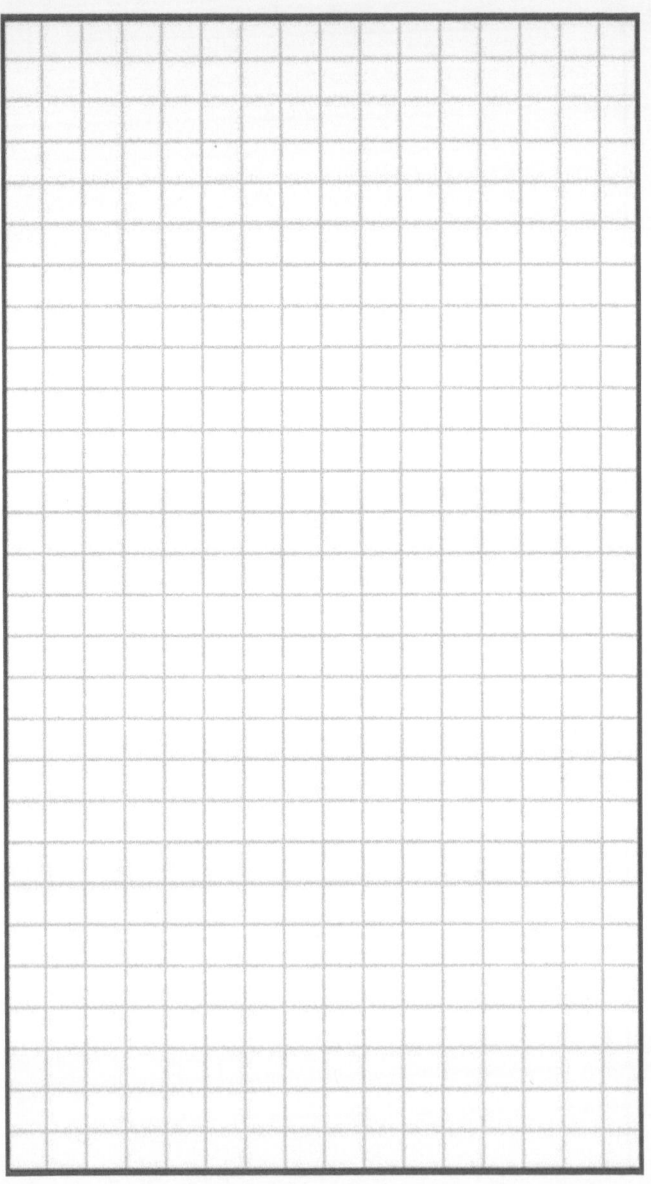

Für Ihre Gedanken

Für Ihre Gedanken

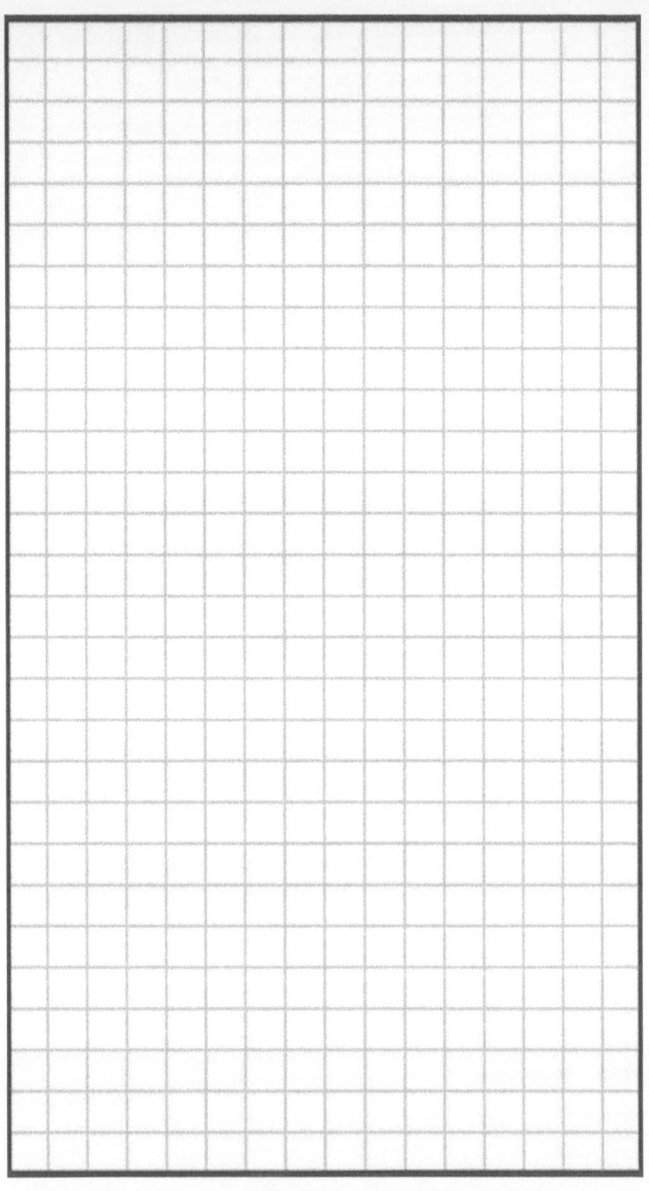

Für Ihre Gedanken

Für Ihre Gedanken

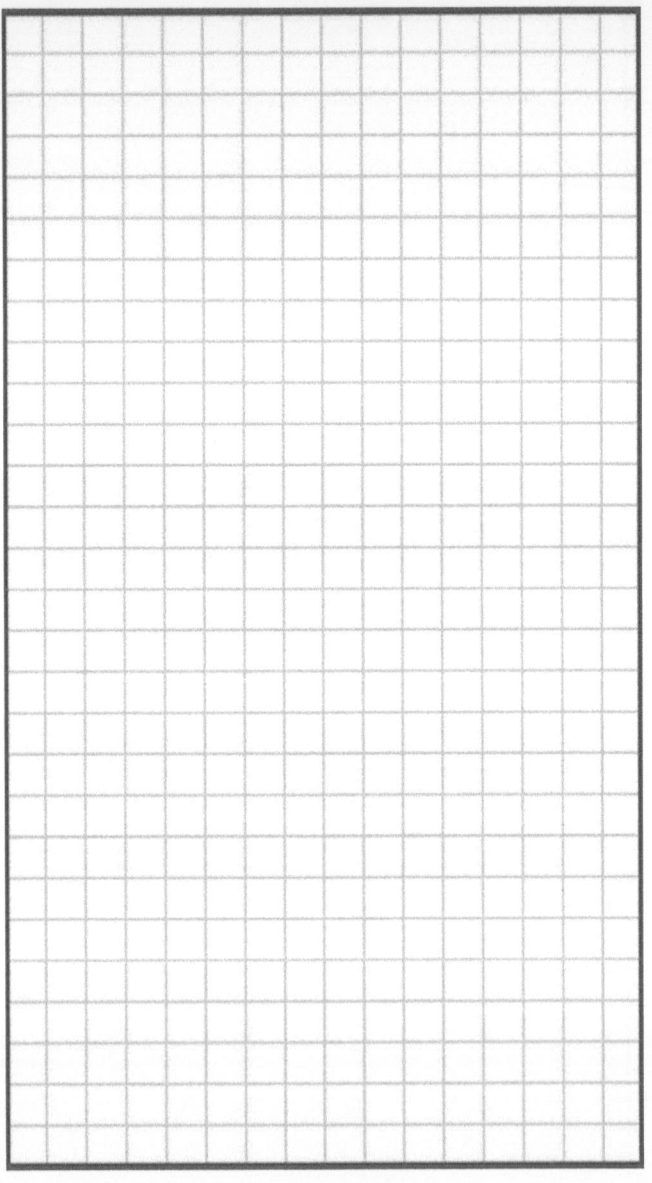

Für Ihre Gedanken